ことのは文庫

# 京都お抹茶迷宮

石田 祥



NE

目次

# 京都お抹茶迷宮

# 京都お抹茶迷宮

# ◆一の葉

「ここに仕舞《しま》ってると思ったのに」

小依《こより》は床に座り込み、戸棚の中身を引っ掻き回した。

「おかしいな。どこに入れたのかしら」

ペン立てや救急箱を外に出して、奥を覗き込む。頭を屈めて探していると、台所にいた母の美智佳《みちか》がエプロンで手を拭きながら出て来た。

「あらあら、何してるの？　こんなに散らかしちゃって」

「ここに入れておいたガイドブックを探してるの。おととし、うちの出版社から出した京《きょう》都《と》の観光本。ママのお店の記事が載ってるやつ」

「ああ、あれね」と、美智佳は居間からいなくなると、戻ってきた時にはB5サイズのムック本を持っていた。

「はい。こないだご近所さんにお店のことを聞かれたから、お見せしてたの」

小依は母から本を受け取った。今までも散々開いたので、自然とページがめくれる。

見開きの半分には、色鮮やかな料理の写真が掲載されている。レース編みのような薄い蕎麦粉《そばこ》の生地に、艶々の黄味が光る半熟卵のガレット。ブルーベリーを散らしたクレームブリュレのカラメルは、飴色《あめいろ》に焦《こ》げて、薄いステンドグラスみたいだ。紙面だとわかっていても、フォークの先で割りたくなってくる。

トロリ。パリッ。

どちらも写真から音がしそうだ。二年前に載った、母が料理長を務めるフレンチレストランの記事は、何度見ても頬が緩《ゆる》む。

「うちに来るなら、予約入れておく？」と、美智佳が聞いた。

「ううん。ママのお店はまた次の機会にする。今度の土曜日に陽菜《ひな》が嵐山《あらしやま》へ行きたいって言うから、この本持っていこうと思って。そこまで情報変わってないと思うし」

小依はパラパラとページをめくった。

このガイドブックは小依が勤める出版社から発行された物だ。京都の主な観光地と、その周辺にある飲食店や土産物屋《みやげものや》が載っている。

最新の情報はネットで検索《けんさく》したほうが簡単に得られる。だが小依はどちらかといえばアナログ派だ。通勤電車で読む小説は紙媒体《かみばいたい》だし、観光ならガイドブックを手に街を巡るほうが、趣《おもむき》があっていいと思う。

母親のレストランの写真もそうだ。食欲をそそられて、フォークで紙面をつついてしまいそうだ。

もちろん、実物の威力はもっとすごい。子供の頃から母の手料理は絶品だ。お陰で味覚が研《と》ぎ澄まされ、すっかり舌が肥えてしまった。最近、店のメニューに加えられたアボカドの創作系ガレットは、タラコマスカルポーネにするか、エビコーン醤油にするかで何度も試食に付き合った。自宅で本格的なガレットが出てくるのだから、贅沢《ぜいたく》なものだ。

目当ての本が見つかったので、小依は戸棚から出した物を片付け始めた。

「そういえば、うちの編集さんが京都本を企画してるって言ってた。来年あたりに新刊が出るかもしれない」

「そうなのね。でも、ガイドブックって毎年更新されるんだと思ってたわ。ほら、本屋さんに行くと、色んな土地の観光本がズラッと並んでるから」

「人気のある地域の本は大手出版社から毎年出てるよ。でもうちみたいにマイナーな会社では、頻繁《ひんぱん》に更新されないみたい。次の本も趣向を変えて、ガイドブックっていうより、エッセイとか旅行記みたいな感じにしようって言ってた」

小依は事務員なので、本の企画や内容に関わる業務ではない。少し前に、編集者の佐々《さ さ》山《やま》に頼まれて手伝った資料には京都紀行と書いてあった。ガイドブックの売れ筋は定番の観光地が多い。ゆえに京都は必ず入ってくる。

戸棚を閉めようとして、一つ、小さな箱を仕舞い忘れていたことに気付く。見慣れない和風柄の紙箱は、端が少し朽《く》ちている。

「これ、何？」

箱を開けると、二十センチ四方のポーチがぴったりと収まっている。山吹色《やまぶきいろ》と黄緑色の織物に金の刺繍《ししゅう》がほどこされた華やかな物だ。

箱からポーチを取り出す。触ると、着物の帯のような織物生地だ。

「可愛いね。ママの？」

「ああ、それは数寄屋袋《すきやぶくろ》よ。懐かしいわね」

「数寄屋袋って、何？」

「お茶の時に持って行く道具入れよ。帛紗《ふくさ》とか、お懐紙《かいし》なんかを入れるの」

美智佳は小依の手から数寄屋袋を受け取った。懐かしそうな目で眺める。

箱の中には他にも色んな物が入っていた。滑《なめ》らかな布地の帛紗、懐紙の束、小さな扇子《せんす》、楊枝《ようじ》入れ。数寄屋袋と同じ織物生地で作られた古帛紗《こぶくさ》。

小依は箱から帛紗を出した。しっとりとした手触りは正絹《しょうけん》だ。

淡い朱色のそれを広げてみると、ハンカチと同じくらいの大きさで、所々くすんだ緑色に汚れていた。

「これって、お抹茶《まっちゃ》のあと？」

「そうよ。練習用に使っていたからね。お茶杓《ちゃしゃく》の汚れなんかをこれで拭き取るのよ」

美智佳は小依から帛紗を受け取ると、斜めに折って三角形にした。両端をくるりと折り返し、あっという間に手のひらの上で畳《たた》んでみせる。

美しく素早い手捌《てさば》きだ。空気をふんわりと巻き、生クリームがたっぷり入った四角いクレープのようだ。

「わあ、すごい。綺麗」

「ふふふ。これが帛紗捌きよ。茶道の基本中の基本。これでお茶のお道具を拭くのよ。傷をつけないように、柔らかくね」

「へえ、ママ、お茶習ってたんだ」

「昔ね。おばあちゃんちの近くに茶道の先生がいてね、近所の女の子たちと習いに行ってたの。結婚したあとも時々、気分転換に遊びに行かせてもらってたのよ。東京に引っ越してからは、やめちゃったけど」

「ふーん、さすが京都人。京都っぽいね」

小依は二つ折りに仕舞われた古帛紗を広げてみた。織物なのでシャリシャリと硬めだ。

「これは?」

「お点前《てまえ》を出す時に使うのよ。ほら、お客さんが手に持つにはお茶碗が熱いでしょう。だからお茶碗の下に敷いて使うのよ」

「茶道用のコースターね」

テレビで古帛紗ごと茶碗を持つ映像を見た気がする。飲む前に茶碗を回していたが、その時には古帛紗がどういう使われ方をしていたか、うろ覚えだ。

他にもいくつも用具が入っている。その上、作法も覚えなくてはならないのだ。雅《みやび》やかな趣味ではあるが、かなり難しそうだ。気軽に手は出せない。

美智佳は大切そうな手付きで道具を元の箱に収めた。

「あなたもやってみれば？　お道具もひと通り揃《そろ》ってるし、着物だってママの若い時のがあるわよ」

「素敵だとは思うけど、ちょっとハードルが高そう」

「そんなことないわよ。覚えてないかしら。あなたが小さかった頃、一度どこかのお茶会に連れて行ったことがあるのよ。ちゃんと正座してお薄《うす》をいただいて、美味《おい》しかったって言ってたわ。京都なんだから、探せば昔みたいにおうちで教えているところがあるわよ。自分で点《た》てたお抹茶は美味しいのよ」

「お抹茶か」

記憶を探っても、お茶会へ出た記憶はまったくない。頭に浮かんでくるのは焼き物の茶碗ではなくマグカップだ。

白いマグカップの中に、たっぷりの若草色。ひと口飲めば、盛り上がった泡が上唇にぺットリと付いてくる。

「お抹茶といえば、抹茶ラテ」

「抹茶ラテ？」

「豆乳で割るのがいいな。まろやかであったかいやつ」

小依が目を輝かせると、美智佳は呆れたように言った。

「贅沢言って。まったく今の若い子は、抹茶は甘くして飲むって勘違いしてるんだから。お薄とお濃茶《こいちゃ》の違いも知らないんでしょう」

「お濃茶は知らないけど、お薄なら、お店で一回飲んだことあるもん」

「喫茶店であんみつと一緒に出てくるやつ？」

まさにそうだ。祇園《ぎおん》の有名な甘味処《あまみどころ》で、一時間並んであんみつを食べた。あんみつにするかわらび餅《もち》にするかで相当悩んだ覚えはあるが、セットで出てきたお薄のことは印象に残っていない。

「ちゃんとしたお点前で点ててもらったお抹茶は全然違うのよ。上手な人が点てると、泡が細やかで繊細だから」

「うーん」

母の説明は伝わってくるが、小依にはどうもリアリティがない。ちゃんとしたお点前というのが、ほろ苦さを連想させる。抹茶の苦味は好きだが、今はあんみつを思い出したせいで、甘い物が頭を占めている。

「あ、じゃあさ、フォンダンショコラみたいに濃い抹茶のケーキから、バニラアイスが出てくるのはどう？　苦い抹茶ケーキに甘いアイスが溶け込んで、美味しそう」

味だけではない。見た目でも、バニラと抹茶が鮮やかに対比して楽しめそうだ。抹茶は濃く苦く、バニラアイスは甘さ強めがいい。

考えるだけで頬が緩んでしまう。美智佳のほうは苦笑いしている。

「本格的なお茶席では食べるのが大変そうね。でもその案はちょっと興味あるかも」

「でしょ？　味見は任せて」

小依は嬉しくなった。そのうち母は新しいデザートの創作に挑戦するだろう。抹茶フォンダンバニラ、といったところか。試食が楽しみだ。

だがまずは今度の土曜日だ。ガイドブックの嵐山地域のページを開ける。

「さて、どこがいいかな。口の中がもう抹茶味なんだけど」

「嵐山ならたくさんお店があるわよ。二人でゆっくり散策してらっしゃい。陽菜ちゃん、証券会社で頑張ってる？　きっと忙しいんでしょうね」

「うん。バリバリ働いてるよ。残業が多くて大変だって言ってた。会うのも久しぶりなんだ」

「そういえば直大《なおひろ》君も、長いことうちに来てないわね。前はよく遊びに来てくれてたけど、最近忙しいの？　たまには顔見せてほしいなって、言っておいてちょうだい。また一緒にご飯食べましょう」

「うん、わかった。言っとく」

小依は目を伏せると、薄く笑った。本当に口の中に抹茶を感じる。そこに豆乳のまろやかさや、バニラアイスの甘味はない。

ほんのり、ほろ苦いだけだった。


小依が勤める『太秦出版《うずまさ》』は洛西《らくさい》にある。

洛西とは、市内の西部を示す京都の名称だ。ＪＲ京都駅から嵯峨野線《さがのせん》に乗り、十五分ほどで着く。メインの観光地である嵐山に行く手前の、少し寂れた観光スポットだ。すぐ近くに東映太秦映画村《とうえいうずまさえいがむら》があるので、たまに時代劇の役者が侍《さむらい》や同心《どうしん》の扮装《ふんそう》をしたまま、街を歩いている。勤め出した当初は珍しかったが、今は気にならなくなった。

今日も朝早くから外国人観光客であろう団体が不自然な装いで歩いていた。襟抜《えりぬ》きどころか、半分ずり落ちたような緩い着物姿の侍と町娘だ。レンタルしたのか、頭に笠、手には提灯《ちょうちん》を持っている。

侍たちは四月の淡い日差しの中、路面に敷かれた京福《けいふく》電車、通称『嵐電《らんでん》』のレーンを跨《また》いでいく。雰囲気を味わえればいいといった感じだ。楽しそうなので、見ているこっちも顔がほころぶ。

京都は変な街だと、小依は思う。

名所と商業地と住宅街が一体になっている。観光するところが多いのに道が細く、どこへ行っても混雑だ。家の前をぞろぞろと団体客が横切っても、住人は平気な顔で庭先に水を撒《ま》いている。

東京で育った小依は、十八歳の時、両親の離婚により母親の実家がある京都へ引っ越してきた。京都の大学へ進学したので、できれば就職も市内で、母親を助けるために手堅い一般企業で働きたい。そう考えていたのだが、就職活動はなかなかうまくいかなかった。

いくつも面接を受けた中で、採用してくれたのが太秦出版だ。人気の高い業界だからと、逆に肩の力を抜いて臨《のぞ》んだのがよかったらしく、社長の錦織《にしきおり》が気に入ってくれた。勤めて二年。今年で二十四歳になる。

出勤すると、すぐに事務員の加寿子《かずこ》に呼ばれた。加寿子は錦織の妻で、五十過ぎの気のいい女性だ。

「小依ちゃん、ごめんやけど、急ぎで郵便局まで行ってきてくれへんかな。原稿の発送をお願い」

「校正のゲラですね。わかりました」

「速達で出してな」

「はい。いってきます」

分厚い封筒を渡され、小依は来たばかりのその足で郵便局へ走った。

出版社勤務といっても、実際は庶務と経理がメインの事務職だ。出版に携《たずさ》わる業務といえば、校正のスケジュール調整や、配送手配、資料の準備など。社内で一番若手なので、走り回るのも仕事の一つだ。紙媒体での発送物はまだ多く、郵便局へはしょっちゅう訪れる。窓口の受付係はもう顔見知りだ。

「書留でお願いします」

小依が封筒を渡すと、受付係は優しく言った。

「ご苦労様。太秦出版さん、今日は速達じゃなくてもええんかな」

「あっ、忘れてた！　ありがとうございます！」

受付の女性は笑っている。今までにも何度か営業時間ギリギリに飛び込み、慌てすぎて小銭をばらまいたことがあった。社内履きのスリッパのままだったこともある。そのお陰で鈍くさい『太秦出版さん』として、顔を覚えてくれている。

小依は何度も礼を言い、古いビルの三階にある事務所へ戻った。

「加寿子さん。原稿、速達で出してきました。ライターさんには明日着くってメール入れておきますね」

「おおきに」

加寿子は社長の錦織と話していて、おざなりな返事だ。小依は自席に座ってメールを送った。危ないところだったと、ひと息つく。自分でもそそっかしいとわかっているので、注意しなくては。

一日の差で入稿がズレる可能性もある。下手すればそれが響いて、刊行が一か月後ろ倒しになることだってありうる。出版は幾人もの手を介して流れていく。雑務に思われがちな発着物の管理も、全体のスケジュールに関わる大事な仕事だ。

ふと、錦織と加寿子が妙にどんよりとしていることに気が付いた。二人とも暗然とした表情だ。

「社長、加寿子さん。何かあったんですか？」

不思議に思って尋ねると、加寿子が厳しい顔で言った。

「最悪やねん。佐々山君と中井《なかい》君が、食中毒で入院してしまったんよ」

「入院？　二人ともですか？」

「ゆうべ二人で飲みに行って、何軒か梯子《はしご》したうちのどっかであたったらしいわ。佐々山君なんか救急車で運ばれたんやって」

「救急車！　だ、大丈夫なんですか」

小依は蒼白になった。加寿子は眉間を寄せている。

「うん。もうだいぶマシらしい。けど二人ともしばらく入院で、いつ戻ってこられるかわからへんって」

「そうですか。でも、大事がなくてよかった」

命に別状がないとわかり、ホッとした。だがすぐに、かなり困った状況なのだと蒼褪《あおざ》めた。

「もしかしてこれって、大変なのでは」

「そうや、大変や」

錦織が苦々しく言った。

普段は温和で恵比寿様《えびすさま》のようなのに、今はブルドッグのように厳めしい。太秦出版の社長兼編集長だ。

「佐々山君と中井君はうちの実働部隊や。最近はワシも嫁はんも内勤の仕事ばっかりで、営業も外回りもひっくるめて、全部あの二人がやってくれてた。こんなちっちゃい出版社でいきなり従業員が半分になってしまったら、ほんま、えらいこっちゃで」

錦織は重いため息をついた。加寿子も落ち込んでいる。

太秦出版の社員は錦織と加寿子、そして営業二人、プラス小依の五人だ。なので半分というのは数字として間違っていても、それを訂正する気にはなれない。自分でもあまり戦力になっていない自覚はある。

「社長、どうするんですか？」

まさか、いきなり会社を閉めるなどと言い出さないだろうか。

ただでさえ不況の業界だ。太秦出版の主な発行物は誰が読むのかわからないマイナー雑誌だ。『月刊しょうゆ』や『季刊ポン酢』など、ポイントを絞《しぼ》りすぎた出版物が多い。マニアックな読者がいるお陰で細々と刊行を続けているが、売れ行きはあまり芳《かんば》しくない。そのうち潰れるかもと、冗談交じりに母の美智佳に話していた。

だが錦織の様子を見ていると、冗談では済まないかもしれない。錦織は腕を組むと、深く唸った。

「とりあえず、やるだけやってみるしかないな。あの二人が抱えてた仕事で、会社の中でやれることは嫁はんと」

錦織は加寿子を見て、そしてそのあと小依を見た。

「小依ちゃんが手分けしてやるんや。大丈夫や。今、企画途中のもんは、とりあえず保留にしてもらおう。打ち合わせやら取材やら、スケジュールが決まってるもんはワシが行くわ。外せへんのは、月刊誌や。一番刊行が近いのは『月刊やましなの友』やな。ほぼほぼ、山科《やましな》区民しか読まへんにしても、楽しみに待ってるはずや。佐々山君と中井君がいつまで休みよるかわからんけど、編集とか構成は、小依ちゃんも何回か手伝ったことあるやろ」

「少しだけなら」と、小依は力なく頷いた。

「大丈夫や。最初はどないしようかと思ったけど、なんや冷静になってきたわ。みんなで力を合わせたら、乗り切れるで。ケツの決まってるもん以外は、ちょっとゆっくりさしてもらおう。ワシも長いこと座りっぱなしやったから、ここらで昔の景気良かった時代を思い出して、ヒットする本を作るで」

錦織はグッと拳を固めた。今まで昼行燈《ひるあんどん》のようだった編集長が、急に前向きになった。

「そ、そうやね！」加寿子も拳を握った。嬉しそうだ。「ほら、小依ちゃんも。一緒に頑張るで」

「はい！」

二人に触発され、小依も活気づいた。こんなに頼りにされたのは入社してから初めてかもしれない。

なんだか楽しくなってきた。錦織も加寿子も目が輝き、若返って見える。小依はギュッと手を握り締めた。このワクワクした思いを表現したい。

「頑張りましょう！　エイ、エイ、オー！」

大きな掛け声と共に、拳を突き上げる。錦織と加寿子も同じように声を出して手を挙げた。

まるで部活動みたいだ。加寿子もそう思っているのか、目が合うと笑った。錦織はというと、まだ高々と腕を伸ばしている。さすがヒット宣言しただけのことはある。

だが、様子がおかしい。

錦織は手を上げたまま、硬直してしまった。額には、玉のような汗が噴き出している。

「社長？」

小依は恐る恐る問い掛けた。錦織は口をパクパクさせて震えている。

「こ、腰が……」

「あ！　ぎっくりやわ！」

加寿子が大声を上げると、それすらも響くのか、錦織は顔をしかめた。

「あ、あかん……。動かれへん……」

「小依ちゃん！　社長のそっち側持って！　私はこっち側持つから」

「は、はい」

小依と加寿子は二人して、激痛に呻《うめ》く錦織をゆっくりと来客用のソファに寝かせた。

「私、シップとサポーター買ってくるわ。小依ちゃん、少しの間、社長のこと見てたげてや」

加寿子はそう言うと、ドラッグストアへと走っていった。うつ伏せになった錦織は、先ほどよりももっと痛そうに顔を歪《ゆが》ませている。

「社長、大丈夫ですか？　腰、擦《さす》りましょうか？」

「いやいや、さわらんといて。これはさわったらあかんねん。しばらくじっとしてたらマシになる……はずや。大丈夫や」

そう言っても、錦織はやはりつらそうだった。去年にも一度やっているのだ。クシャミをした瞬間、腰に激痛が走ったらしい。本人いわく、背後からいきなり竹刀で打たれるほどの衝撃だという。その時は翌日には出社してきたが、しばらくは牛歩の足取りで、何をするにも痛そうだった。

「やってもうたわ。えらい時に、えらいことになってもうた。いたた。最悪や。小依ちゃん、今何時や?」

「もうすぐ十時です」

「ああ、えらいこっちゃ」

「どうしたんですか?」

「佐々山君のアポがあるんや。十時半にホテルオークラで会う約束があるねん。ライターさんに延期を……、いたたた。小依ちゃん。電話かメールでライターさんに連絡したって」

「はい」

小依はうつ伏せた錦織に指示を受けながら、ライターに電話をした。だが何度かけても繋《つな》がらず、メールの返事も来ない。バタバタしている間に時間だけが過ぎる。

「あかん。もう間に合わへん」と、錦織は痛そうに顔を歪めている。「すまんが小依ちゃん。直接行って、事情を説明してきてくれへんか」

錦織の頼みに小依は戸惑《とまど》った。今まで、小用以外で外出したことはない。ライターに会うのも事務所でお茶出しする程度だ。

だがそんなことは言っていられない。エイエイオーの掛け声で、錦織のぎっくり腰を再発させてしまった責任も感じる。

「わかりました」

「助かるわ。ワシか佐々山君か、どっちか動けるようになったら、仕切り直しさしてもらいますて伝えといて。佐々山君のデスクの中に資料が入ってるさかい、念のためそれ持っていってや。ライターの人はミナヅキいう名前や。ミナヅキユタカさんや」

小依は繰り返した。

「ミナヅキ、ユタカさん」

会社のピンチなのだ。みんなで力を合わせなくては。ライターの人に会って、伝言するだけだ。大丈夫、自分にだってできる。

それでも、まだ何もしていないのに緊張で頬がひきつってきた。

地下鉄から地上へ上がると、すぐ目の前に京都市役所が現れた。

大学校舎のようなレトロな建物だ。中央に時計台、東西に延びた石造りの壁に縦長の窓が整列している。

京都ホテルオークラはその隣にあった。当世風で、こちらのほうが市庁舎のようだ。

小依は観光客を掻き分けてホテルオークラへ駆け込んだ。

大急ぎで来たが、約束の時間を五分ほど過ぎている。ロビーを探してもそれらしい人物は見当たらない。すでに帰ってしまったのだろうか。もしくは向こうも遅れているのだろうか。

ホテル内から相手の携帯に電話をしても、やはり繋がらない。仕方なく、待ち合わせ場所のラウンジのソファに座った。手元には会社から持ってきた佐々山の提案資料がある。正面入り口を気にかけながら、ページをめくる。

中身は、京都の観光名所や有名な飲食店、銘菓《めいか》や土産物の詳細だ。ガイドブックなら大抵押さえている内容だ。

写真も何枚か添付されている。有名なあぶら取り紙、龍の天井絵、湯豆腐。舞妓《まいこ》の後ろ姿に、石畳。三年坂《さんねんざか》、千本鳥居《せんぼんとりい》。

どれも京都らしいが、どれも見たことがある物や風景ばかりだ。

最後のほうに茶葉を挽《ひ》く臼《うす》の写真が出て来た。磨《みが》かれた円柱の石に竹の取っ手がついた臼だ。

なぜかその石臼を見た途端、小依は不思議な感覚に囚われた。ほんの一瞬だが、薄暗い土間で石臼が回っている映像が頭に浮かぶ。

ゴリゴリ、ゴリゴリ……。

音まで聞こえるような気がして、慌てて資料を裏返す。

なんの記憶だろう。ちょっと不気味だ。だがきっとドラマか何かの断片だろうと、すぐに忘れる。

ホテルの入り口に目を向けると、一人の男性が入ってくるのが見えた。ラウンジのほうを探す仕草をしている。

まさか、この人？

小依は目を瞬《しばた》いた。男性は和服姿だ。濃紺の着物に、黒い帯。襟元から覗く白い襦袢《じゅばん》の幅が左右ぴったりで、とても粋《いき》だ。年齢は四十歳くらいだろうか。悠然とした立ち居振る舞いはロビーでも人目を引いている。

どう見ても雑誌ライターには見えない。だが、男性は誰かを探しているようだ。訝《いぶか》りながらも、そばに近寄り声をかけてみた。

「あの、もしかしてミナヅキさんでしょうか？」

「ええ。そうですけど」

男性はあっさり頷いた。柔らかく、穏やかな京都の口調。顔立ちも優しげだ。

意外な着物姿に驚いたが、この人が約束の相手なのだ。

「わ、私、太秦出版の大庭《おおば》……」

小依は慌てて名刺入れを取り出した。一枚抜こうとするが、パンパンに補充してきたので固くて取れない。焦って無理やり引っこ抜くと、すべての名刺が飛び出した。

「あああ！」

ロビーの床に名刺がバラまかれた。小依は真っ赤になりながら、必死で名刺を掻き集めた。周囲は唖然《あぜん》としている。

なんて鈍くさいのだろう。顔から火が出そうだ。

膝を突く小依の前に、着物姿の男性がしゃがんだ。数枚、名刺を集めてくれている。

「あ、ありがとうございます」

小依は名刺を受け取った。立ち上がったあとも、恥ずかしくて男性の顔を見ることができない。

「太秦出版の、大庭小依さんか。風流な名前やね。筆名みたいや」

琴を奏《かな》でるようなゆっくりとした喋り方だ。目を上げると、男性は一枚名刺を手にして、微《かす》かに笑っている。

「あれ、でも担当は佐々山さんやんね。どっかにいてはるんかな」

相手の緩やかなペースに束《つか》の間《ま》ぼうっとしていたが、状況を思い出す。この男性が佐々山のアポイント相手なのだ。

「あの、ミナヅキユカタさん。本日のお打ち合わせですが」

「これは浴衣《ゆかた》とちゃうよ」

男性は微笑んだ。

「まあ、若い人にはわかりにくいかもしれへんね。パッと見は一緒やけど、足元見たら違うから。浴衣は素足に下駄。足袋《たび》履いてたら、着物や。あと、僕もユカタと違うよ」

男性はそう言うと、自分も名刺を差し出してきた。小依は受け取り、彼の名前を確認した。皆月豊《みなづきゆたか》。向こうもまた風流な名前だ。名前を言い間違ったとわかり、今度は冷や汗が噴き出す。

「皆月さん。大変申し訳ございません」

「水無月《みなづき》やと思ったんとちゃう？」

皆月はにっこりと笑っている。

小依は意味がわからず困惑した。ミナヅキだと思った、とはどういう意味だろう。名刺のフリガナもミナヅキだ。凝視するが、どう読んでもミナヅキだ。

これは何かの謎解きだろうか。男性は穏やかに見えるが、実はいきなり名刺をバラまいたり、名前を間違ったことをすごく怒っているとか。

すると向こうは首を傾げた。

「あれ？　もしかして水無月、知らん？　京都で六月末に食べる和菓子。三角ウイロウに小豆を載っけたやつ。あ、そうか。君は京都の子と違うんかな」

「は、はい。東京育ちです」

「そうか。東京の子なんか」

「でも大学はこちらです。もう六年も京都で暮らしています」

小依はあえてそう言った。この男性の喋り方や立ち振る舞いから、京都特有のはんなりとした雰囲気を感じた。

社会に出てから時折思うが、京都の人は、どこか他県の出身者に対して垣根がある。特に年上の人はやたら標準語のイントネーションに反応して、東京の人ですかと聞いてくる。優しそうでも、その目には地元のプライドがチラリと覗《のぞ》く。

大学の頃は、友人の出身地は様々で、寄せ集めが逆に楽しかった。だが京都で働くと、良くも悪くも周りは京都人ばかりだ。だから垣根を造られる前に、住んで長いですよとアピールしてしまう。

そうすれば、多少認めてくれるのか、京都弁の仰々《ぎょうぎょう》しさが緩むのだ。

だが皆月はゆったり微笑んだだけだ。なんの変化も、隔《へだ》たりも感じない。

「そうか。冷やして食べたら美味しいよ。六月になったら、食べてみ」

フワフワと掴《つか》みどころのない男性だ。彼の目が小依の持っている提案資料に止まった。

「取材の資料持ってきてくれはったんやね」

小依はハッとした。焦ったり慌てたりとクタクタだが、ようやく本題に入れる。

「はい。実はうちの佐々山が食中毒で入院してしまったんです。代わりに編集長の錦織が伺《うかが》うつもりだったんですが、ぎっくり腰で来られなくなってしまったんです」

「食中毒にぎっくり腰か。そら、大変やな」

「こちらの都合で申し訳ないのですが、今日の打ち合わせ、延期していただけませんか？」

「体調不良はお互い様や。佐々山さんにも錦織さんにも、気にせんように言うといて」

皆月は同情してくれている。よかった、怒っていないようだと、小依は胸を撫で下ろした。だが彼はラウンジの一角に腰を下ろすと、笑みで促《うなが》した。

「どうぞ」

「あ、はい」

ここで解散しないのだろうか。戸惑いながらもソファに座ると、皆月は手を差し出してきた。

「それ、もらうわ」

言われるままに資料を渡すと、彼はその場で読み始める。ゆっくりとページをめくる動きが優雅だ。日本舞踊でもやっているのだろうか。袖《そで》が揺れるたび、その雅やかな所作に見入ってしまう。

彼はひとしきり資料を読み終えると頷いた。

「なるほどね。この店のどれかを訪れて、僕が紀行文を書けばええんやね。実際に歩いて、見て、食べて、どういうふうに感じたかを写真に添える。そういう企画やね」

皆月はそう言うと、また資料を最初から読み直している。

「地元やけど、小旅行みたいな感じかな……」

小依は黙って彼を眺めていた。この人は、取材した情報をまとめる雑誌ライターではないのだろうか。自分の体験を綴《つづ》るならエッセイだ。同じ文章でもタイプが違う。

「ふうん」と、皆月は憂《うれ》えたように言った。「ピックアップされてるのは、なんとなく若い女の人向けの店ばっかりやなあ。まあ人気のある店って、そういうもんか。とりあえず京都には欠かせへん主要な場所を拾い上げてくれてるみたいやけど、君やったら、この中でどこがええと思う？」

「え？」

いきなり質問され、小依はきょとんとした。意見を求められるとは思っていなかった。

「どこって……。そうですね、私なら」

一瞬、真剣に答えそうになった。自分でも驚いてかぶりを振る。ここへは延期を知らせに来ただけだ。

「あの、皆月さん。あらためて日程をご連絡いたしますので、お打ち合わせは仕切り直しでお願いします」

「仕切り直しなんて面倒臭いやん。資料はここにあるんやし、このまま話進めたらええんちゃうかな。僕も左京《さきょう》区の山奥からわざわざ来たんやからね。家出る前やったら、延期してもよかった……」

そして何かに気が付いたように、袖口に手を引っ込めた。袂からスマホを取り出す。

「あ、もしかしたら電話くれてた？　ごめんごめん、電源切れてたてん。携帯、苦手やからほとんど使わへんのやけど、たまに見るといつも充電があらへんねん。まあ、これもなんかの縁や。遠慮せんと、大庭さんが思ったこと言うてみて」

「ですが、私の意見なんて参考にならないと思います。実は私、ただの事務員で、今まで一度も企画に参加したことがないんです」

「そやけど君かて、出版社の人やろ。東京育ちでも、六年も暮らしてるんやったら今は京都の人や。さっき、なんか言いかけたやん。深く考えんでも、君がええと思うことでかまへんねん」

皆月は柔らかく微笑んでいる。彼の手には、京都の観光名所を要約した資料が持たれている。

小依はそれに目線を落とした。

本屋にずらりと並ぶガイドブックに載るのは、大抵同じ名所や店ばかりだ。観光客向けならそれで充分だし、逆にそのほうが読者受けはいい。

だが二年前の京都本に掲載した母のフレンチレストランは、予約制のため、一見客《いちげんきゃく》には不向きな店だ。それでも、何度も京都を訪れた旅行通からはとても評判がよかったと聞いている。京都らしさが溢れる情報の中で、少しのひねりが目を引いたようだ。

ありふれていて、他と違う。

不意に、母が持っていた山吹色と黄緑色の数寄屋袋を思い出した。

あれは、茶道の道具だ。

くすんだ緑色に汚れていた帛紗。あの緑はお茶の粉末を拭き取ったからだ。苔色や若竹、松葉の様々な緑が浮かぶ。ただのぼんやりとしたイメージだ。ありふれた緑は、個々で全部違う。

意見するだけならいいかもしれない。そう思って控《ひか》えめに言う。

「お抹茶は、どうでしょうか」

「抹茶?」と、皆月は微笑んで、先を促すように小首を傾げた。

「はい。お抹茶の特集は珍しくありません。京都の甘味処イコール、お抹茶です。でもその中で、どうして日本人がこんなに抹茶好きなのか、京都のどこのお抹茶が一番美味しいのか。そういうのを、実際に皆月さんに散策してもらいながら探っていくのはどうでしょうか」

「お抹茶か。お抹茶ねえ……」

皆月は腕組みをした。薄い笑みを浮かべてはいるが、あまり乗り気ではなさそうだ。

「そうやなあ。抹茶の飲み比べは京都らしくて面白いけど、それやとお茶の専門書みたいになってしまうかもしれへんな。僕じゃなくて、もっと詳しい人が解説したほうがええかもしれへんな。僕は物書きで、食通ってわけと違うからなあ」

確かに皆月の言う通り、抹茶の特集なら彼に文章を依頼する意味がない。小依は慌てた。

「すみません。失礼なことを言いました」

「いやいや、謝らんでもええよ。意見を聞いたんは僕やし。京都の特集やなくて、抹茶の特集っていうのはいい案やと思うで。堅苦しく考えんと、飲みやすくて食べやすい抹茶処を回るのもええかもしれへんな」

皆月はやんわりと笑って、また資料をめくり出した。無難な方向にまとまりそうな、そんな雰囲気だ。

「そうやなあ。逆に僕みたいな素人が飲み比べすんのも、面白いかもな。これは渋いとか、これは苦いとか」

皆月は全否定せずに、意見を取り入れてくれる。たぶん、小依よりひと回りほど年上だろう。和服姿のたおやかな男性は、深くて香り高く、そこにいるだけで安心感をもたらしてくれる。

そんな彼に京都を巡ってもらうなら、もっと情緒のあるものにしたい。ありきたりな甘味だけでは物足りない。せっかく、全国有数のお茶の地を巡るのだ。この人を目立たせ、そして抹茶の鮮やかな緑色を引き立てるには。

いつの間にか小依は真剣に考えていた。

抹茶の粉が零《こぼ》れ落ちる、あの香り高さ。

零れ落ちる新緑の粉。空気に乗って芳香が舞う。

「……ゴリゴリ」

「ゴリラ？　京都市動物園か。若い子は発想が自由やなあ」

「いいえ。そうじゃなくて、お抹茶を挽く石臼って、なんとなく不思議な感じがしませんか？」

「石臼？」

「ええ、臼を挽くゴリゴリっていう音。隙間からお抹茶が零れるんです」

「ふうん。見たことあるんや」

「いいえ。ありません」

「ないんか。それやのになんで音までわかるねん」

なぜだろう。だがどこかで音を聞いた。そんな気がする。

咄嗟《とっさ》の思い付きだった。そのひらめきに胸が膨《ふく》れ上がる。

「お抹茶に纏《まつ》わる、珍しい話を巡っていくのはどうでしょう」

「珍しい話？　怪談みたいな？」

「怪談じゃなくて、何か不思議な言い伝えとか逸話とか、そういうのを探して回りながら、名所や人気のお店を紹介するんです。京都には古い寺院がたくさんあります。それに老舗《しにせ》のお茶屋さんもたくさんありますす。それらを巡りつつ、お抹茶を使ったスイーツや、お点前を楽しむ。名付けて、ええっと……、京都お抹茶小噺《こばなし》なんていうのはどうでしょうか？」

小依は溌剌《はつらつ》とした笑顔を向けた。

「京都、お抹茶小噺？」

皆月は目を丸くしている。出会ってから、一番表情が変化した。

そして笑った。

「ははは、ええね。京都お抹茶小噺か。ライトノベルっていうんかな。若い子が好きそうな取っ付きやすいタイトルや。僕の作風とはジャンル違いやけど、なんか面白そうやな」

この人は作家なのだ。

ライトノベルを引き合いに出すということは、小説家だろうか。重鎮《じゅうちん》というほどの年齢ではなさそうだが、佇《たたず》まいからすると時代小説や純文学。本人がそのまま登場してもいいような雰囲気を持っている。

「実は企画もろた時は、僕が書いたら堅苦しくなりそうやなって思ってってん。しかも売れへん作家の紀行本なんて微妙やろ。太秦出版さん、ありがたいけどええんかいなって心配してたんや。けど、発想を変えて、全体的に明るい文体にするのもええな。うん、ほんまにええかもしれへんわ。お抹茶小噺な。大庭さん、頼むで」

「え？」

「だって君の企画やん。若手の感性がいるやろ。僕はもうそういうの忘れてしもてるし」

「あの、待ってください。私はただ思い付きを言っただけで」

「それに僕、あんまり甘いもん得意とちゃうねん。言い出しっぺなんやから色々と協力してや」

皆月は優しげだが、有無を言わせぬ笑顔だ。取材先が決まったら連絡をくれと言って席を立つ。小さく結んだ帯が粋で、小依は彼がホテルから出ていくまで後ろ姿を見送った。いなくなったあとも、しばらくその場でぼうっとしていた。

なんだか、困ったことになったようだ。

「皆月、豊さん」

ため息を交えながら、スマホで検索する。すると多くの情報がヒットした。

「え、すごい。皆月豊。二〇〇四年、デビュー作が大ヒット。映画化、ドラマ化……。わあ、デビュー作が直森《なおもり》賞候補に？」

つい声に出して読み上げてしまうほどの経歴だ。二十年前、大学在学中に有名なエンタメ新人賞でデビューしてから、硬派な企業小説や軽快なミステリーなど、幅広いジャンルで活躍している。

随分と売れっ子だったが、作品歴を見ると、数年前から長編小説の刊行がない。ずっと突っ走っていたのに、急にピタリと止まった感じだ。どんなに人気作家だとしても、新刊や映像化などで話題に上らなければ、あっという間に過去の人だ。世間が忘れるのは早い。

だが、小依が彼の名前を知らなかったのは勉強不足だ。

太秦出版に勤める前も、特段、読書家というわけではなかったし、今も文芸担当ではない。それでも、出版社の人間だ。皆月が少し文壇《ぶんだん》から離れているとはいえ、名前を間違う意識の低さに呆《あき》れもしなかった彼は、寛大な人だ。

──次に会うまでには、皆月さんの本を読んでおこう。

出版歴をスマホで見ながら、帰り道に本屋へ立ち寄ろうと思った。できればデビュー作がいい。彼が若かった頃の感性に触れてみれば、少しは皆月豊という人がわかるかもしれない。

不思議なことに、皆月と仕事をするイメージが湧《わ》く。京都の街を一緒に歩く自分の姿が浮かぶ。

もちろん、ただの想像だ。小依は編集者ではない。もし同行するなら、社長の錦織か復帰した佐々山になるだろう。

だが、はんなりした男性と遊歩するのは、頭の中だけでも少し楽しかった。

# ◆二の葉

「京都、お抹茶小噺？」

「うん」

小依は頷いた。友人の陽菜は驚いている。

「小依が考えたんだ。すごいじゃない。いつの間に編集者になったの？」

「そんな大げさなもんじゃないの。その場でひねり出した案が、たまたま採用されただけ」

褒《ほ》められても、嬉しさより先に不安が滲《にじ》んでしまう。

小依と陽菜は今、京都の景勝地、嵐山にいる。

大きな桂川《かつらがわ》には両岸を繋ぐ道路橋、渡月橋《とげつきょう》がかかっていて、嵐山界隈で最もにぎわっている場所だ。その近くにある土産物センターは京都の有名店を集合させた共有スペースで、大勢の観光客で混雑している。

中でも一番にぎわっているのは『京豆狸《きょうまめだぬき》』という和洋菓子店の喫茶コーナーだ。席順を待つ若い女性がずらりと列をなしていて、小依と陽菜も、三十分以上待っていた。

ホテルオークラで皆月と会ったのは数日前だ。そのあと事務所へ戻ってから、錦織に皆月とのやり取りを報告した。すると、いい機会だから編集員として頑張るように発破をかけられた。

予期せぬことだ。本当に今回の企画担当になってしまった。

だが担当といっても、小依がやることはスケジュールの調整や事前準備だ。佐々山が用意した資料の中で、皆月が気になった場所を何箇所か挙げてもらい、取材交渉をする。了承が取れたら訪問日時を決め、皆月とカメラマンに現地へ行ってもらう。

そしてそこで得た感想を皆月が文章に落とす。元々、佐々山が考えていた企画も、名所についての皆月のエッセイだ。変わったのは、行く先が抹茶に関わる場所に限定されたことくらいだ。

訪問先の担当者には、小噺になりそうなネタがあればご用意くださいと、あらかじめ連絡するつもりだ。ここはあまり重視しないように錦織からアドバイスをもらった。でないと、取材を受けてくれる先が減ってしまうだろうと。

「でも、ライターの人って小説家なんでしょう。だったらどんな話でも面白おかしく書き換えてくれるんじゃないの？」

大まかな企画を聞いた陽菜が言った。小依は首を振った。

「フィクションじゃないもの。脚色して別の話に作り替えたら、お店側からクレームがきちゃう。事実の中で使えそうなものがあったら、うまく表現してくれると思う。そこは皆月先生の意向を一番に考えるようにするつもり」

「あら。なんだか編集者っぽいこと言うじゃない」

陽菜にからかわれ、恥ずかしくなる。確かに今回限りとはいえ、急に仕事の範疇《はんちゅう》が変わり、自分でも戸惑う。

「皆月先生か。どれどれ、どんな人?」と、陽菜はスマホで検索した。「あら、すごい。いっぱい本出てるじゃん。写真もあるよ。和服姿ばっかりだね」

「うん。普段も和装なんだって」

「いかにも小説家って感じね。見た目、ほんわかしてるけど、どんな人なの?」

「ええとね」

小依は皆月の様相を思い浮かべた。会ったあとで読んだ彼の本も思い出した。現代を舞台にした人情モノで、繊細で優しい内容だった。

「しっかりと大豆の味がする、おぼろ豆腐って感じ。あえて木綿じゃないの。フワフワしてるけど味が濃いから、塩とか柚子胡椒《ゆずごしょう》とかがすごく引き立つの」

「塩で豆腐食べるのって、結構、通じゃない?」

「大豆が利いてるから、コチュジャンなんかにも負けないよ」

「コチュジャンは好きだわ」

「抹茶塩でもいいかもしれない」

小依は抹茶を振ったおぼろ豆腐を想像して、恍惚《こうこつ》とした。隣では陽菜がスマホを見ながら唸《うな》っている。

「うーん、どういう人か全然ピンとこないけど、淡泊な感じってことだけはわかったわ。でもこのおぼろ豆腐の人、ずっと売れっ子だったのに、急に書かなくなっちゃったんだって。なんでかしら？」

「詳しくないけど、文芸はそこまで頻繁に上梓《じょうし》しない人もいるよ。数年に一冊なんて人もいるみたい」

「ふーん、そうなんだ。ちなみにおぼろ豆腐さん、結婚は？」

「してるんじゃないかな。指輪してたもの」

「なんだ。じゃあ駄目じゃん。そもそも、小依の相手にはちょっと歳が上ね」

「そんな対象じゃないって」

二人で盛り上がっていると、いつの間にかあと数組まで順番が巡ってきた。陽菜が浮かれ出す。

「ああ、楽しみ。祇園にある抹茶パフェのお店も美味しいけど、この京豆狸のパフェも、中に入ってる抹茶ムースが美味しいのよね」

陽菜は待合席に置いてあるメニューを広げた。一番大きく載っているのは看板商品の豆狸パフェだ。

「見てよ。『豆狸パフェが更に美味しくリニューアルしました』って書いてある。ブログにも載ってたんだけどさ、京豆狸の抹茶パフェって、こまめに改良してるんだって。飽きさせないためかしらね」

小依が陽菜と知り合ったのは大学一回生の頃だ。互いに関東出身ということもあり、すぐに仲良くなった。就職してからも交流は続き、たまにこうして遊びに出掛ける。

この店には三年前にも来て、その時にも二人で抹茶パフェを食べた。

「めったに来られないから、頼むのはやっぱり定番かな。おなか減ってるから、頑張れば二ついける？　無理？」

陽菜はメニューを見て、少し大げさにはしゃいでいる。

豆狸パフェの写真は、抹茶ムースとバニラアイスとフレークがグラスの中で斜めの層になり、層の縁は赤いフランボワーズジャムで仕切られている。砂絵を思わせる綺麗なパフェだ。グラスの上には濃い緑のソフトクリームが高く盛られている。

今回の嵐山散策は陽菜からの提案だった。自分では気付かなかったが、ここ最近、電話で喋っていても、SNSでやり取りをしていても、小依は元気がないらしい。

その原因が、もう家に来なくなった直大にあるのを陽菜は知っている。三人は大学の同級生だ。陽菜自身も仕事が忙しいのに、こうして気晴らしに誘ってくれて感謝している。

「二つは無理でしょ」小依は笑う。「二人で、三つは？　半分こならいけるかも」

「いいねえ。じゃあ小依が選んでよ。私、なんでもいいから」

メニュー表には、見た目で楽しめるケーキ以外にも、パティシエの紹介写真が掲載されている。笑顔で肩を寄せ合う二人の女性は、タイプは違うがどちらも美人だ。パティシエといい、このパフェといい、洗練《せんれん》されたお洒落《しゃれ》な雰囲気なのに、店の名前は京豆狸。店名だけ聞くと、和風スイーツというより老舗の大福屋だ。そのギャップが面白い。

小依は後ろを見た。行列はどんどん延びている。お喋りしているので待ち時間も退屈はしないが、並んでからもう一時間近くが経っている。

「前に来た時はこんなに長く待たされなかったよね。人気が出ちゃったね、ここも」

「だってよく雑誌に載ってるもの。嵐山の人気のスイーツってね。宇治《うじ》にある『桔梗園《ききょうえん》茶舗《ちゃほ》』の抹茶を使ってるって書いてあるね。そうだ。今度、宇治へも散策に行ってみようよ」

「あ、宇治には今度……」

小依が言いかけた時、順番が回ってきた。

二人は店員に案内され、席へとついた。もう一度メニューを広げたものの、注文はすでに決まっている。二人ともさっきの写真の抹茶パフェをオーダーした。別の店に寄るかもしれないので、ケーキはやめておいた。

待っている間に陽菜が聞いてきた。

「ねえ、編集者さん、質問。抹茶っていつからあるの？」

「こういう時のためにスマホがある……、あれ、やだ。電池がちょっとしかない」

「全然駄目じゃん。いいわ、調べてあげる。ええと、抹茶の起源はと」

陽菜は自ら検索する。小依も身を乗り出して、一緒にネット記事を見る。

「『喫茶養生記《きっさようじょうき》』っていうのが出てきたよ。知ってる？」

「初耳」

「お茶の栽培方法とか、飲み方、効能、抹茶の製法を記した本が残ってるんだって。一二一一年、鎌倉《かまくら》時代だって。抹茶ってそんな昔から飲まれてるのね」

「鎌倉時代……」

そこまでさかのぼるとは想像していなかった。

抹茶と歴史の関わりで知っているのは、千利休《せんのりきゅう》くらいだ。もしかして、担当になったからにはもっと本格的に勉強したほうがいいのだろうか。

だが学ぶとなれば、歴史だけではなく、成分や効能、商業的なことまで際限がない。皆月がお茶の専門書と言っていたのを思い出す。テーマやジャンルによって、何をどこまで載せるかを切り分ける。そういうのも、編集者の仕事なのだろうか。

しばらくすると、二人の前にパフェが運ばれてきた。

画像と実物が違うのはよくあることだ。結構な確率で、実物のほうが物足りない。だがこのパフェは、メニューの写真とほぼ同じだ。グラスに盛られた抹茶ソフトクリームの高さに、二人して感嘆の声を上げた。

食べる前にスマホで写真を撮る。背景をぼかして、構図とアングルを変えて数枚。グラスに光が反射して、かなりいい写りだ。

陽菜が「お先」とソフトクリームを口に入れた。すぐに顔をぎゅっとしかめる。

「最高。すごく美味しい。抹茶が濃い」

小依も胸を躍らせ、ソフトクリームを食べた。冷たさが舌に乗り、微かな抹茶の風味を感じる。陽菜が言うほど濃いとは思わなかったが、長く待った口にソフトクリームの甘さが染みわたる。

スイーツの種類は様々だ。

甘さ控えめの生クリームを、酸味あるイチゴが際立たせるショートケーキ。

艶々に光るチョコレートは、口に入れる前に甘く香る。

アイスクリームは乳成分の量によって味と食感が違う。知らないまま食べると、自分の気分によっては味気なく思えたり、後味が濃すぎたりする。

そしてどんなスイーツでも、抹茶味には和みがある。ほのかな苦味。そのほろ苦さが、日本人に染み付いたお茶の伝統の記憶を呼び起こすのだろう。

「……あれ？」
二、三口目で、小依は手を止めた。
「ん？　どうしたの」

陽菜はせっせとパフェを口に運んでいる。小依はグラスの奥までスプーンを突っ込むと、薄い緑の抹茶ムースをすくって食べた。

空気を含んだ柔らかいムースだ。口の中でシュワシュワと消えてなくなる。そこに感じるのは甘さだけだ。

さっきのソフトクリームもだが、抹茶の苦味が追いかけてこない。

「なんだか全体的に……味が薄くない？」

小依はチラと陽菜のグラスを見た。陽菜のパフェはすでに半分になっている。

「え？　そうかな。甘くて美味しいと思ったけど」

「うん。甘くて美味しいの。そう。甘くて美味しいのよね」

満足している陽菜に言うべきではないかもしれない。これが初めて訪れた店なら、こんなもんだと納得しただろう。

だが、三年前に来た時には、しっかり苦味を感じた。まだここまで人気店ではなく、待ち時間も短かったが、食べた瞬間に美味しいと声に出した記憶がある。でなければ、嵐山の数ある抹茶の店の中で、また来ようとは思わなかったはずだ。

味がぼやけているのは、見た目がリニューアルされたせいだろうか。それとも、採算的な問題だろうか。

とても残念だ。小依は少し悄然《しょうぜん》としながらも、ゆっくりパフェを食べた。期待通りでなかったが、決して美味しくないわけではない。

「うーん、そっか」

陽菜がため息をついた。彼女のグラスはもうカラだ。

「小依がそう言うからには、イマイチってことね」

「イマイチじゃないよ。普通に美味しいよ」

「でも抹茶の味が薄いなら、抹茶パフェとしてはかなりのマイナスじゃない？　小依が美味しいっていう店はほんとに美味しいから、この京豆狸は自信を持って人に紹介できるお店だと思ってたんだけどな。人気が出ると味が落ちるっていうものね」

陽菜が露骨にガッカリするので、小依は焦った。余計なことを言ってしまったと後悔する。

「せっかく美味しく食べてたのに、ごめんね」

「ううん。小依の味覚は料理長のお母さん仕込みでしょう。そこらへんのサイトの星の数より信頼してる。このパフェ、いくら見た目が綺麗になっても、味がイマイチなんじゃ、次の抹茶特集の本には載せられないよね」

「うん……。どうだろうね」

小依は曖昧《あいまい》に答えた。

嵐山は今回の取材対象にはなっていない。だが少し期待していた。もし京豆狸の抹茶商品が美味しければ、訪問先として進言しようと考えていたのだ。今のところ取材候補は佐々山がピックアップした場所だけなので、新たな店を自分で発掘できなかったのは残念だ。

食べ終わった二人は、会計をしようとレジに向かった。すると三十代半ばくらいのビジネススーツを着た女性が話しかけてきた。

「お客様」

にっこりと不自然に頬を上げているが、目はまったく笑っていない。

「すみませんが、少しだけよろしいですか」

「え……」

小依と陽菜は顔を見合わせた。座っていた席を見ても忘れ物はないし、支払いは今からだ。食器を壊したり、テーブルを汚したりもしていない。

店員の制止を無視するわけにいかず、二人は動揺《どうよう》しながらついていった。客席から離れた厨房《ちゅうぼう》の前に来ると、女性は丁寧に頭を下げた。

「当店の商品がお口に合わなかったようで、大変申し訳ございませんでした」

小依と陽菜はお互いにしまったと目で言い合った。さっき席で喋っていたことが、漏れ聞こえていたのだ。

女性はどうやら店の責任者か上長らしい。厨房からは、給仕の若い女の子たちがチラチラとこっちを見ている。女性が頭を上げると、やはりその目はまったく笑っていない。

「よろしければ、どのあたりが気になったか、教えてもらえますでしょうか。今後の参考にさせてもらいますので」

言葉遣いは丁寧だが、京都訛《なま》りの声音から明らかな怒りを感じる。

小依は気まずさよりも、申し訳なさを感じた。女子同士のお喋りは、盛り上がるとつい大きな声になってしまう。こっちは批判したつもりがなくても、店内で商品にケチをつけられれば、店側は気になるだろう。

陽菜も同じ意見なのか、先に謝った。

「ごめんなさい。別に悪口を言ったつもりじゃなかったんですけど、ちょっとパフェの抹茶が薄いかなって」

そして、チラリと横目を投げてくる。

「ねえ？」

小依は目を閉じた。言い出したのは自分だ。陽菜は悪くない。

「そう……なんです。少し、薄いかなと……」

「薄い、ですか。なるほど……。もう少し具体的に言うてもらえると、ありがたいんですけど」

女性の笑顔は益々強張《ますますこわば》ってくる。こういう場合は、どうするのが正解なのだろうか。自分の感想をそのまま伝えるのか、それとも濁《にご》して穏便《おんびん》にすませるのか。

だがもう相手を怒らせてしまっている。今更、美味しかったですと笑うのは逃げだ。冷や汗を掻きながら、俯く。

「……以前とは、少し味が違っているような気がしたんです」

「違う？　どう違いますやろか」

女性の京都弁が強くなっている。かなり苛立《いらだ》っているようだ。

どこまで正直に伝えるか迷ったが、誤魔化《ごまか》すのは苦手だ。目を合わさずに言う。

「三年前にも、こちらへ来たんです。その時に食べた抹茶ムースには他の甘さを引き立たせるような苦味があって、強弱が印象的だったんです。今日いただいたのは……あまりお茶の苦さが感じられなくて」

最後のほうは囁《ささや》くようになった。

本音だが、これは批判になるのだろうか。おずおずと顔を上げると、唇を噛み締めている女性と目が合う。怒っているというより、ひどく悔《くや》しそうだ。

「うちの店で使っているお抹茶は、老舗の一流店の物を特別に卸《おろ》してもらってるんです。パフェもケーキもそのお抹茶をどうやったら一番引き立てられるか、みんなで一生懸命考えて作ってるんです」

女性は強い口調で言った。

小依は気が付いた。この女性、雰囲気が違うのでわからなかったがメニューに載っていたパティシエの一人だ。

その時、厨房のほうから白いコックコートを着た女性が出てきた。

「聡美《さとみ》、やめとき」

メニューに載っていたもう一人のパティシエだ。コックコートの女性は小依たちに向かって頭を下げた。

「申し訳ありませんでした。お客様がそう仰るなら、そのとおりです」

「いいえ。こちらこそ、変なことを言ってすみませんでした」

「ご意見いただいて、ありがとうございます。改善に努めますんで、ぜひまたお越しください。お待ちしております」

コックコートの女性が深々と頭を下げる。小依は居たたまれなくなった。陽菜もきまりが悪そうだ。二人はそそくさと入り口で会計を済ませて店を出た。どちらからともなく、早足でその場から離れる。

気が付けば京福嵐山駅だ。小依は息を切らせて言った。

「失敗しちゃった。お店の中で、大きな声で批評なんかするんじゃなかった。お店の人が怒るのも無理ないわよね」

「あら、私は逆によかったと思うわよ」

陽菜も少し息が上がっている。

「スーツの人、やたらとムキになってたから、きっと自分のお店の商品に自信があるのね。でも今人気があったとしても、味が落ちればそのうちお客は遠退《とおの》いちゃうわよ」

確かにそうかもしれない。

小依の味覚は敏感なほうだが、周りだってそのうち気付くだろう。

見た目が美しいスイーツは話題になるが、いずれは飽きられる。いつまでも残る銘菓は、やはり美味しいのだ。京豆狸で使用されている抹茶が老舗の由緒《ゆいしょ》ある物ならば、残ってほしいと思った。

「さあ、気を取り直して、次に行こう。ガイドブック見せてね」

陽菜は小依が持ってきた京都の観光本を手に先に進んでいく。

「竹林《ちくりん》の小径《こみち》を抜けて、野宮《ののみや》神社に寄っていこうよ。あそこ、縁結びの神様で有名なのよ。小依に早く素敵な彼氏ができるように、お祈りしていこう」

「ええ?」と、小依は後ろから付いていく。「まだいいよ。そんな気分じゃないもん」

「駄目よ。小依もすぐに彼氏を作って、直大君を見返してやらなきゃ。あいつ、調子に乗ってるんだから。新しい彼女との写真、ＳＮＳにいっぱいアップしてさ。気遣いがないよ」

「へ、へえ。そうなんだ」

とぼけたが、実は知っている。見ないように努めても、ついスマホで検索してしまうのだ。

直大の話をすると惨《みじ》めな気持ちになっていく。別れた相手がすぐ別の相手と付き合い出したことも、それを揚々《ようよう》とアップしていることにも傷付いていた。アカウントを削除して、完全に繋がりを断ち切ろうかとも思った。だが向こうからの繋がりはとっくに切れている。繋がっているのは見ているこちら側だけだ。

ヨリを戻したいとか、そんなのではない。それでも割り切れない。

言葉にすると、景色のいい嵐山で真っ昼間から泣いてしまうだろう。しかもきっと大泣きだ。陽菜とは久しぶりに会ったのだ。大手の証券会社で忙しく働いている彼女の休みを愚痴《ぐち》で潰したくなかった。

「わかった。行こう、野宮神社。でも彼氏じゃなくて、仕事での良縁に恵まれますようにってお祈りする。今度の企画がうまくいって、いい本が作れますようにって」

小依はそう言うと、陽菜を抜かして前を歩いた。本当に今、新しい恋はいらない。その代わりに前を向かせてほしい。

「抹茶の本ね。小依が本気になれば、お抹茶以外でも、全国の本当に美味しい店を紹介する本ができるわよ。だから早く元気出して、会社の飲み会の店探し、手伝ってね」

今度は陽菜が小走りで抜かしていく。小依も抜き返した。天高く伸びた青竹の遊歩道へと入る。

「何よ、人のことグルメサイトみたいに言って」

「いや、マジで重宝《ちょうほう》してるから」

淡い木漏れ日の中、二人は風情よりも他愛ないお喋りを楽しんだ。

# ◆三の葉

京阪《けいはん》宇治駅を降りると、ふと、風の中にお茶の薫りを感じた。

有名な平等院《びょうどういん》へは、広い宇治川《うじがわ》を跨ぐ橋を越えて、表門へと続く百メートルほどの石畳を歩いていく。そこは平等院表参道《おもてさんどう》と呼ばれ、十軒以上の茶舗、和菓子屋や喫茶店が軒《のき》を連ねていた。

小依と皆月は、表参道の入り口の真ん中から店並みを眺めている。今日の取材は三件。まずこれから、享保《きょうほう》創業の和菓子屋『団子茶屋稲盛《だんごぢゃやいなもり》』と、安政《あんせい》創業の茶商《ちゃしょう》『岡村菖蒲衛門《おかむらしょうぶえもん》』を訪ねる予定だ。

「どっちも古い店やけど、タイプが違うね。店を選んだのは、大庭さん？」

通りの先を見ながら、皆月が尋ねた。

彼は白に近い灰色の羽織に、横縞の茶色い帯を締めている。参道の石畳と同じ色合いで、とても垢抜《あかぬ》けている。

小依は地味な紺のパンツスーツなので、二人が並ぶとまるでタレントとマネージャーだ。

大きな荷物を肩掛けした男性カメラマンも一緒で、行き交う観光客からは注目を浴びている。

「お店は、太秦出版のみんなで選びました。抹茶関連で選ぶとお料理や飲み物まで幅広くなるので、ここは最も頭に浮かびやすい甘味にしようと意見がまとまりました」

「まあ、そやな。あんまり欲張ると、なんの特集かわからんようになる。テーマははっきりしたほうが狙いが定めやすいわ」

「はい。編集長の錦織も同じことを言っていました。今日予定している『団子茶屋稲盛』は特に錦織が推しのお店で、『岡村菖蒲衛門』は市内で何店舗かカフェ展開していて、私も宇治以外で何度か行ったことがあります」

本当は、提案資料の中から行きたい先を皆月に選んでほしかった。だが先入観を持ちたくないので選定は任せると言われた。彼には前もって取材場所を連絡したが、少し緊張する。

団子屋は、老舗すぎて遊び心がなかっただろうか？

カフェ展開している店は若い人向けすぎただろうか？

皆月は着物の淡い灰色と同じように、涼やかに微笑んだ。

「僕はどっちとも知らへんけど、楽しみやなあ」

そう言うと、ゆっくりと歩き出す。裾がめくれないような上品な歩幅だ。

小依はホッとして、大きく息を吸い込んだ。駅を降りてからずっと漂ってきたお茶の薫りは、もう空気より濃くなって街全体を包んでいる。

企画担当を受けたものの、実際にやるとなると思った以上に行動力が必要だった。今までは決まったスケジュールを各所に伝える役目だったが、今回は自分が組み立てるのだ。

スタッフを押さえる。どこに、何時に行く。

その場所まで何分かかるか計算して、待ち合わせをする。

取材する内容も難しかった。場所選びだけではなく、抹茶というテーマに沿った対象を何にするか。

掲載する商品は？

何を実食するか？

誰に対してどういう質問をするのかなど、それらすべてを自分で決めるのだ。

助かったのは、錦織も小依の経験不足をよくわかっていて、一緒になって考えてくれることだ。それに食中毒だった佐々山も退院してきて、サポートをしてくれる。

体調が戻れば、この企画は佐々山に戻すと思っていたのだが、彼はまだ長時間外出するには不安があり、しばらく内勤になった。それに初めての担当なのだから、最後まで頑張ってみようとみんなが小依の背中を押してくれた。

優雅に歩く皆月の羽織を見つめながら、自分の背中を見守ってくれる人たちの存在を心強く思う。一人では何もできないが、一人ではないので、色んなことができるはずだ。

参道は見た目でもお茶の芳ばしさを感じる。ソフトクリーム片手に笑い合う人々。店先に出された赤い布の長椅子に座って、あんみつやアイスクリームを食べる客たち。ほとんどといっていいほど、抹茶色のスイーツだ。団子やクレープもある。右を向いても左を見ても、抹茶だらけ。古めかしい土産物屋にも大きなソフトクリームのディスプレイが飾ってある。それも抹茶だ。

カメラマンの後藤《ごとう》が一眼レフを構える。出張撮影でよく依頼をする五十歳くらいの男性だ。ロケに慣れているからと錦織が手配をしてくれた。

「大庭さん。先生が散策する姿、引きで何枚か撮っときますか？」

「はい。お願いします」

そういう細かな確認も、今の小依はされる立場だ。本当ならこっちから言うべきだったかもと、ピリッと身が引き締まる。

後藤は少し離れたところから皆月の全身を撮っている。石畳の参道に和装がとても映える。ちょっと見惚《みと》れてしまうほど、絵になっていた。

真っ直ぐ歩いていた皆月だが、徐々に斜めに寄り出した。そして大きな抹茶ソフトクリームのディスプレイの前で止まった。

小依に向かって、ディスプレイを指さす。

「これ、食べていい？」

「え？」

確認されている。びっくりして、固まってしまった。

『あめ』と描かれたのれんを下げた飴専門店の店先だ。冗談だと思ったが、皆月は動こうとしない。

どうやら本気だ。小依は目を泳がせた。

「ええと……、飴が食べたいんですか？」

「いや。この店のソフトクリームが食べたい」

「ですが、ソフトクリームはこのあとの取材先でも食べていただくことになっていて……」

「そうなんや。でも今、食べたくなってしもた……。僕、あんまり甘いもん得意とちゃうから、カメラマンさん、半分こしよう」

そう言うと、店舗に外付けされた食べ歩き用の窓口で、ソフトクリームを注文している。

後藤も唖然としている。

抹茶を上から振りかけた緑茶色のソフトクリームはすぐに出てきた。皆月はツンと立った先の部分にかぶりつくと、嬉しそうに笑った。

「あ。そんな甘ない。これやったら全部いけるわ。カメラマンさん。やっぱり半分こやなくて、一個ずつな」

　そして店の中を覗こうとする。

「飴屋さんか。ちょっと僕、お土産こうてくるわ」

「せ、先生！」

　小依は慌てて皆月を引き留めた。この日のスケジュールは、頭の中にしっかりと焼き付けてきた。それがいきなりガラガラと崩れていく。

「お土産はあとにしませんか？　一件目の取材先がお待ちですから」

「そう？　ほな、あとで寄ってな」

　皆月はソフトクリームを片手に周囲を眺めながら、悠然と歩き出す。薄く微笑んで、機嫌はよさそうだ。

　小依のほうは、彼の想定外の行動に動揺していた。

「先生。もしかしたら、こちらが提案した以外にも行きたい先があったんでしょうか？」

「ん？　いいや、別に。僕、あんまり甘いもんには興味あらへんし。あれ？　あの店なんやろ。見てええ？」

　皆月は店先に詰まれた土産物の箱菓子に吸い寄せられていく。小依は慌てて行く手を遮《さえぎ》った。

「先生！　アポが！　アポがありますから」

無理やり体を挟んで、方向を変えさせる。皆月は特に気にするふうでもない。足音が見えないほどの小さな歩幅は上品で、まるで雲の上でも歩いているようだ。動きはまったく予測不可能だ。

この人はものすごく自由か、それとも、ものすごく天然なのか。

佐々山からは、皆月の人柄を聞いている。穏やかで紳士的だと言っていた。確かにそうだが、フワフワした感じは、やはり豆腐のようだ。

参道の中程まで来ると、目当ての店はあった。

『団子茶屋稲盛』は、白壁に瓦屋根の土蔵造りの旧家だ。木でできたガラスケースに、菓子箱が陳列《ちんれつ》してある。最中《もなか》、羊羹《ようかん》、汁粉《しるこ》など伝統的な和菓子が主で、そのすべてに抹茶味が用意されていた。

「すみません。太秦出版の大庭です」

声をかけると、奥から人のよさそうな亭主が出てきた。

「おこしやす。へえ、えらい若い記者さんですな」

「ほ、本日は取材を引き受けていただき、ありがとうございます」

緊張で挨拶《あいさつ》の声が裏返る。会社の外で仕事の関係者と絡《から》むことがほぼないので、事前に何度も脳内シミュレーションをしてきた。

だが、一瞬にして頭が真っ白になる。

「こ、こちらは皆月ユカタさんです。先にご連絡しておりましたが、今回はお店の看板商品の水無月……じゃなくて茶団子を、この皆月ユカタさんと半分こに」

ガチガチになる小依の脇を、皆月がつついた。

「落ち着いて、大庭さん。ほら、僕の足元見て。足袋履いてるから、着物やわ」

そう言うと、自分から自己紹介をする。

「皆月いいます。よろしくお願いします。こちらの茶団子を食べさしてもろて、感想書かしてもらいます」

「皆月先生のご本、読ましてもらってますわ。だいぶ前に出さはった京都のなんとかゆうあれ、面白かったですわ」

「ほんまですか。ありがとうございます」

二人とも笑顔で、柔らかい京都訛りだ。小依が知る皆月の著書には、京都から始まるタイトルが五冊はあったはずだ。話が通じ合っているのかはわからないが、とにかく双方が笑顔だ。

亭主が用意のために裏へ消えたので、小依はコソリと言った。

「す、すみませんでした。また先生のお名前を間違ってしまって」

「あはは。ええよ。夏やったら間違ったままでもかまへんのやけど、まだ浴衣にはちょっと早いからね」

「何度も練習したのに……。緊張してしまって」

情けなさで、言い訳もしどろもどろだ。皆月は優しく笑っている。

「緊張してんのは真面目やからや。不真面目な僕は、あんまり緊張せえへんのや」

亭主が小さな団子を載せた皿を持ってきた。

「どうぞ。うちのは地味な茶団子やさかい、若い人の口には合わへんかもしれへんけど、食べてみてください」

二センチほどの小さな団子だ。うぐいす豆のように、くすんだ緑をしている。中には何も入っておらず、抹茶と砂糖を使ったシンプルな米粉の団子だ。

確かに若い女性に受けそうな華やかさはない。スイーツという部類でもない。

だが、緑の団子を載せた小皿を手にする皆月は、これもまた絵になる。白っぽい和装が渋い色目の緑を引き立たせている。

小依はハッとした。写真だ。言うより前に後藤がカメラを構えている。

普通はプロのカメラマンにレンズを向けられたら多少は緊張するだろう。小依なら、皿を持つ手が震えるかもしれない。

皆月はまるで自然体で、緊張どころか意識すらしていないようだ。

慣れているのか、度胸があるのか。堂々とした姿に、こっちの緊張までほぐれてくる。

安心して見ていられる人だ。

「いただきます」

皆月は穏やかに言うと、緑の団子に楊枝を刺した。

「へえ。割と硬いんですね」

「そうなんです。うちの御団子はコシを出すためにしっかり蒸すんです」

亭主は言った。皆月は食べながら、店の歴史と菓子へのこだわりを聞いている。小依は少し離れて、後藤の仕事を手伝った。もう一つ撮影用に用意してもらった皿に光が当たるように、ライトスタンドを設置する。後藤はアングルを変えて数枚写真を撮った。

「オーケーです。あとは店内と外観何枚か撮ります」

次は年季が入って濃くなった店の柱や木製の立て看板を撮影している。団子もそうだが、店全体が古めかしい。抹茶というよりも、お茶の渋味が染みているようだ。

「お嬢さんも、よかったら食べてくださいね」

亭主に言われて、小依は頭を下げた。撮影で使った食品は無駄にはせず、基本はスタッフが食べることになっている。今回は小依の役目だ。

「いただきます」

楊枝を刺すと、しっかりとした弾力を感じる。小さな団子を口に入れると、噛み応えがあった。奥歯を押し返してくる。

「どうや？」

皆月が声を掛けてきた。彼はもう食べ終わったらしい。

小依はゆっくり咀嚼《そしゃく》してから答えた。

「抹茶味より少し苦味があって、普段飲んでいる緑茶の味に近いみたいです。甘さもお茶の苦味も、そんなに強くないのがいいですね。美味しいです」

「店の雰囲気に合ってるのが、ええな」

皆月がにっこりとして言う。小依はハッとした。

本当だ。店の雰囲気にこの団子はぴったりだ。

ゆっくり噛み締めて味わおうと思うのは、茶色の壁やケースの木枠が長い年月を醸《かも》し出しているからだ。もしここで出たのが甘い生クリームなら、情緒だけで美味しさが増すことはないだろう。

「ええ。このお店が御団子を更に美味しくしている気がします」

「そうやな。相乗効果いうやつかな。いや、幼馴染《おさななじみ》みたいなもんか？　一緒に育った感じがするわ。この店と、この団子は」

するとと亭主は笑った。

「おおきに。物書きさんは表現が洒落たはるね。よかったら田舎饅頭《いなかまんじゅう》も食べてや。ただの饅頭やから、雑誌にのっけてもらうほどのもんやないけど」

亭主が出してきたのは、どこにでもある普通の薄皮饅頭だ。こちらも抹茶色だ。二人して食べる。

「これも美味しいな」

「ほんとですね。美味しい。こっちは味が濃厚ですね」

はっきりしている分、さっきの団子より饅頭のほうが甘い。小依は亭主に聞かれないようにコソッと言う。

「皆月先生。大丈夫ですか？　甘い物、得意じゃないって仰ってましたが」

「これそんな甘ないで。全然いけるわ」

皆月はもう饅頭を平らげ、亭主が出してくれた熱い緑茶をすすっている。そういえばさっきのソフトクリームもあっという間に食べていた。

看板商品は美味しくいただいた。あとは、抹茶の小噺を探る。

「メールでもお伝えしましたが、珍しい話じゃなくてもいいんです。こちらではお菓子に抹茶を使われてますよね。その抹茶に関する、何かエピソードを聞かせてください」

「エピソードいうほどのもんかわからへんけど、お茶いうんが、中国から伝わってきたんは知ったはります？」

「いいえ、知りませんでした。勉強不足で……」

すると亭主は逆に嬉しそうになった。

「お茶を飲む習慣はね、中国の『神農《しんのう》』いう神様が始めたそうです。大昔は今とちごて、何が毒で何が薬かわからんかったでしょう。山にある植物なんかも、誰かが口にして、初めてええもんか、あかんもんかわかる。その神様はね、自ら色んな植物を食べて、大丈夫なもんと、あかんもんを人間に教えてくれたそうです。大丈夫なもんは、こういう役に立つんやでって言うてあげる。でもある時、きつい毒草を食べてしもて、おなかを壊したらしいですわ」

「神様やのに？」

皆月が小さく笑う。すると亭主も頷いた。

「いくら神様かて、あかんもんはあきません。そういう時は、どうやって治したと思いますか？」

亭主の問いかけに、小依と皆月は顔を見合わせた。急に謎解きが始まる。

「毒草でおなかを壊した神様か。昔やから、漢方薬かな？」

「おまじないじゃありませんか？　昔って、困った時には神様に頼りそう」

「その頼る神様が腹痛なんやで。お灸《きゅう》とか、針とかとちゃうかな」

「荒行《あらぎょう》みたいなのは？　滝に打たれながらお祈りするとか」

「だから腹がピーピーなんやって。滝なんかに打たれたら出てしまうやろ」

二人ともどうやら答えには届かなかったらしい。亭主は苦笑いしている。

「答えはお茶ですわ」

「お茶？」と、二人の声が揃う。

「ええ。お茶っていうんは、日本でも昔は長生きできる妙薬として扱われていて、偉い人しか手に入らへん貴重なもんやったそうです。神農さんは毒にあたるたびに、妙薬のお茶を飲んで痛いのを治さはったんです。……でもその神様、悪いもんを摂《と》りすぎて、亡くなってしもたんやて」

「えっ」

　また二人の声が揃った。

「神様、あかんやん」

　皆月が言うと、亭主も笑っている。

「まあ、なんでもほどほどにせなあかんってことですわ。こんな話、しょうもないでしたやろか」

「いいえ。とても面白かったです」小依は言った「中国の神様、神農ですね。ありがとうございます」

　抹茶のルーツとしては充分に使える。想像していたよりもずっと面白い話が聞けた。

　店を出ると、小依は皆月に尋ねた。

「先生、どうでしたか？　今みたいな感じで、ひと枠使えそうでしょうか？」

「うん。よかったと思うわ。思ってた以上によかったわ。今食べた菓子と、お茶の染み込んだ店。親切で鈍くさい神様のことを基に考えてみるわ」

「何か資料が必要なら仰ってください」

「うん。頼むわ」

まだ一件終わっただけだが、ホッとした。机上でどんなに準備をしても、実際に人と会って話をするのは難しい。全然盛り上がらずに、原稿が埋まらないままだったらどうしようかと、ここ数日ずっと不安だった。

最初は緊張して失敗したが、滑《すべ》り出しとしては上々。ようやく、これが自分の企画だという実感が湧いてきた。

小依たちが次に訪れたのは『岡村菖蒲衛門』平等院店だ。

平日にもかかわらず店は満席だった。石畳には、ずらりと行列ができている。店舗というより古い日本家屋のような建物だ。大きく標章の描かれたのれんをくぐると、園庭の向こうには宇治川が沿っていて、景観は抜群だ。

「大人気ですね。一時間待ちですって」

列の後ろにまた人が並ぶ。京都駅にもカフェがあり、以前に行ったことがある。その時もかなり待った。アポ済みとはいえ、行列を抜かしていくのが後ろめたい。

岡村菖蒲衛門は茶商だ。茶商とは問屋のことで、畑で摘まれて乾燥させた荒茶《あらちゃ》を、消費者へ卸すために調合する。下調べで知ったことだが、ひと言に抹茶と言っても、扱う商材は様々だ。スイーツに使用されている抹茶もピンからキリまで。すべてを把握するには、文献《ぶんけん》を読み漁《あさ》る覚悟がいる。

ふと、先週末に行った京豆狸のことを思い出した。老舗の一流店の抹茶を使っていると言っていた。どこの店と言っていただろうか。

思い出す前に、店員が出迎えてくれた。今度はさっきよりは慌てることなく、少なくとも皆月の名前を言い間違えはしなかった。案内された席は壁一面がガラス張りで、宇治川がすぐそこに見える。

「僕、先に店と外回り撮ってきますわ」

後藤は一眼レフを手に席を立った。皆月は置いてあるメニューを開いた。

「何食べよかな」

「先生、取材する商品はもうお店側と決めてあります」

「それって、『抹茶そのまんまパフェ』やろか」

皆月がメニューを指差す。一番大きく載っている看板商品のパフェだ。

「残念ながら違います。今日いただくのはこちらの人気商品の『新緑ゼリイ』です」

「そうなんや」

皆月は頬杖をつくと、少し悲しげに宇治川を眺めた。そしてすぐに笑顔を向けてきた。

「じゃあ、抹茶そのまんまパフェを食べたあとに、それの新緑なんたらも、もらうわ。大丈夫。残さへんし」

「あの……」

なんだろう、この人。

小依は困惑が顔に出ないように努めた。

「とても混んでいるので、取材時間が限られているんです。残念ですが、他の物を食べている時間はありません。今、用意してもらっているので、ちょっとお待ちください」

小依は半ば呆れながら言った。皆月はシュンとしている。

どうも彼は不可思議な言動が多い。さっきの店では堂々とした大人の男性らしさを感じたのに、今は拗《す》ねたように口を尖らせている。

「あーあ、抹茶そのまんまパフェも食べたかったな」

「そうならそうと、事前にお店を知らせた時に言って下されればよかったのに」

「だって僕が意見言うたら、全部こっちの都合に合わせてくれるやろ。編集さんが大変になるやん」

でも結局は言っている。

どうやら過去に皆月を担当していた他社の編集者は、かなり気が利く人だったらしい。書店巡りや取材など、作家が外回りをする際には出版社の人間が同行することが多い。太秦出版は文芸作家とあまり関わりがないが、重鎮などは気難しくて大変だと聞いた。

皆月はいつまでもメニューを放さない。気難しくはないが、食い意地が張った子供のようだ。この先も配慮《はいりょ》が足りず、そのうち彼を怒らせてしまうかもしれない。それならば、本音を言ってもらったほうがいい。

「先生。最初にもお伝えしましたが、私は事務職で、編集者としての経験はゼロです。何もかもが初めてなので、気を配り切れていないかもしれません。ご意見をいただけたほうが助かります」

「じゃあ、抹茶そのまんまパフェを食べたい」

「それはちょっと……今からは、無理です」

「なんや。あかんやん」

皆月は宇治川に向かって頬杖をつくと、遠くを見つめた。気分を害したのかもしれない。

「大庭さんは、なんで出版社に就職したん？」

「え？　私の志望動機ですか？」

不意の質問に小依は驚いた。皆月は穏やかな横顔だ。

「そう。まだ一定の人気あるかもしれんけど、昔と比べたら下火の業界や。やっぱり本が好きとか、作家志望とか？」

「それは……」

躊躇《ちゅうちょ》した。長期化した就活に疲れたからと言えば、呆れるだろうか。

でも、本当のことだ。皆月はベテラン作家として色んな編集者と関わってきただろう。繕《つくろ》ったところで見抜かれる。

そそっかしくて、緊張しやすくて、おまけに経験はゼロ。担当としていいところは何もない。だからせめて、彼には正直でいようと思う。

「実は、出版業界にこだわったわけではありません。どこも内定がもらえなくて、たまたま飛び込んだのが太秦出版だったんです」

するとと皆月はあっさりと言った。

「そうか。そらよかった」

「え？」

「いや、期待に胸膨らませてたんやったら、ガッカリしたかなと思って。こんなふうに外に出て取材したり、企画に携わったり、そういうドラマみたいな仕事ができる人ばかりやない。もちろん、内務の仕事も大事やし、それが好きな人もいてる。でも本の仕事がしたくてこの業界に入ったとしたら、実際は関係ないことも多いやろ。やりたいことって、そう簡単には叶わへんしな。大庭さんは、やりたいことある？」

「私が会社でやりたいことと言っても……特に思い浮かびません。だから、今の内勤の仕事で満足してると思います」

「じゃあ、今回のはかなりイレギュラーやな。僕が無理やり現場に引っ張り出してしもたんかな。さっきの店でも、えらい緊張してカミカミやったし」

「あれは、忘れてください」

小依がつい拗ねた顔をすると、皆月はフッと笑った。穏やかな大人の笑いだった。

その時、店員が『新緑ゼリイ』を三つ運んできて、対応予定の担当者が忙しいから食べながら待っていてほしいと言われた。大きな平皿に抹茶アイスが二つ、白玉に餡子《あんこ》、そして大きめに切られたゼリーが載っている。なかなかの量だ。

ちょうど後藤が戻ってきたので、撮影を始める。ゼリーは抹茶色というより、茎わかめのような深緑だ。小依は匙《さじ》でゼリーをすくった。この濃さが伝わるようにと、角度や高さを何度も調整してツヤツヤの写真が撮れた。

「僕、後ろの席で食べますわ」

後藤は店が用意してくれた一皿を持って席を移った。

皆月が抹茶のゼリーをひと口食べた。

「ふうん。色目が濃いからもっと抹茶が強いのかと思てたけど、意外とあっさりやな。あ、苦味がある。なるほど、渋めの甘味やな」

「他で甘さを付け合わせてるから、わざと苦めにしてるのかもしれませんね。餡子と一緒に食べてみたらどうですか」

「そう？　ほなそうしよ」と、皆月はゼリーと餡子を一緒に口に入れた。少し味わうと、目を開く。

「ほんまやな。苦いのと甘いの、両方が口の中にあって美味しいわ。アイスも食べてみよ。……うん、これも合う。うまいうまい」

皆月は嬉しそうに笑っている。変わった人だと思う。ついさっき仕事の話をした時は憂いがあったのに、今は子供みたいだ。

小依もゼリーを食べた。単体では甘味が少なく、スイーツというには物足りない。だがまずは餡子と一緒に食べて、そして次はアイスと一緒に食べてみた。

顔がほころぶ。

「同じお茶の苦味なのに、餡子と合わせた時と、アイスと合わせた時が違いますね。この抹茶アイスは苦さと甘さの両方を強く押し出してるから、ゼリーのシンプルさが感じられる。餡子が一緒だと、ゼリーの苦味を引き立たせますね。うん、大人のスイーツですね」

ふと気付くと、皆月が黙ってこっちを見ている。ゴクリと口の中の物を全部飲み込んで、スプーンを置く。

「すみません。先生のお話を聞かずに、一人でペラペラと喋って」

「いや。食レポめちゃくちゃうまいから、感心しててん。なんかやってたん？　えらい舌が肥えてるみたいやけど」

「私自身は何も。ただ母が調理師なので、家でもたまに試食をしていて」

「へえ、そらええな。ええお母さんやな。最高やん」

「お、恐れ入ります」小依は恥ずかしくなった。

「君の言う通り、抹茶が面白いのは、そのもの自体はシンプルでも、何かと合わさることで味が変わるとこやな。付け合わせだけやない。店構え、景観、雰囲気もや。お茶は自分の家でも上手に淹《い》れれば、それなりにうまい。でも、飲むところで飲めば数倍うまい。家で抹茶のチョコレートを食べるのもええけど、創業何百年のお茶の老舗で食べると、風味が増すような気がするもんな。これが歴史ってやつかもな」

「歴史……」

店の担当者がやってきた。皆月と同じ歳くらいの女性だ。

「すいません、バタバタしてしもて。どうです、うちの新緑ゼリイは？」

「最高」と、皆月が親指を立てる。小依は笑い出しそうになった。担当者の女性も嬉しそうだ。

「ええと、お抹茶に纏わる珍しい話でしたよね。うちの店の話じゃないんですけど、童謡《どうよう》の『ずいずいずっころばし』って知ってはります？」

「はい。聞いたことくらいは」

「全部、歌えはります？」

「そう言われると……。ずいずいずっころばし、ゴマ……」

すぐに詰まってしまい、小依は皆月を見た。

「先生は、ご存じですか？」

「ゴマ塩か、ゴマ和《あ》えか、そんなんやったかな」

店員は笑っている。

「ずいずいずっころばし胡麻味噌《ごまみそ》ずい、茶壺《ちゃつぼ》におわれてとっぴんしゃん、ぬけたらどんどこしょ。……聞いたことあらはるでしょう」

続きを歌われて、なるほどと思った。聞き覚えがある。

「そういう歌だったんですね。でも今、茶壺って言われましたよね。昔は全然気にしなかったけど、それってお茶を入れる壺のことだったんですか？」

「そうなんです。童謡って何気なく歌ってるけど、結構意味があるんですよ。お茶壺道《どう》中《ちゅう》って知ってはります？」

店員がまた聞いたので、小依は皆月を見た。皆月は肩を竦《すく》めている。

「お茶壺道中っていうのは、昔、将軍様に最高級の新茶を献上するために宇治から江戸《えど》までお茶壺を運んだ絢爛豪華《けんらんごうか》な行列のことなんです。これにはすごい権威があったもんやから、一般の人は見ることすらできなかったんですって。なんと行列が通る街道は前もって田植えも禁止、煮炊きの煙を上げるんも、お葬式の列もあかんかったそうです」

「すごいですね。そんなに敬われたんですね」

「それがそうでもなくて」店員は苦笑いしている。「茶壺におわれてとっぴんしゃん、ですわ。茶壺が来たら戸をぴしゃんと閉めて、ぬけたらどんどこしょ。行ってしもたら、ホッとひと息ついたっていうことですわ」

「なるほどな。その童謡は、お茶を運ぶ行列を皮肉ったもんなんや」

皆月が言うと、店員は頷いた。

「昔は将軍様に対してちょっとでも粗相《そそう》があったら、ズバッと斬られてしまったそうです。今はこんなふうに誰でも美味しくいただけるお茶も、命よりも重い時代があったんですね」

お茶が命より重い。

はっきり言われると、少し怖い。それに、なかなか背景が深い。宇治がそんなに古くからお茶と関わりがあるとは、知らなかった。

店員は話を続けた。

「お茶壺の中身、知ったはります？　お薄用の碾茶《てんちゃ》の中に、紙に包んだお濃茶用の碾茶を埋《う》めるんですよ」

「碾茶？」

小依が尋ねると、店員は言った。

「碾茶いうんは、粉末にする前の茶葉のことです。いくつかの工程を経て作られるんで、粗い青のりみたいな感じですわ。茶道では、お茶壺に詰めた二種類の碾茶を何か月も寝かせるんです」

「へえ。お茶の中に、更にお茶を入れるんや」皆月は愉快そうだ。「濃茶用のお茶と薄茶用のお茶の差ってなんなん?」

「お濃茶用は特に厳選された碾茶なんですよ。お値段も、お濃茶のほうが張ります。昔は樹齢百年の古木から摘んだ茶葉を使っていたそうですけど、今は碾茶用のいい品種がありますからね。誰でもお手軽に楽しんでもらえます。それに普通は機械製法です。お茶壺に碾茶詰めるんは茶道の慣《なら》わしみたいなもんで、口切《くちきり》の茶事《さじ》で封を切って、その年のお茶をいただくんです」

小依たちは話を聞き終えて店を出た。次の目的地へと向かう。そろそろ皆月のゆっくりな足取りにも慣れてきた。隣に並んで、同じようにゆっくりと歩く。

「抹茶って、深いんですねえ」

「歴史が長いからな。茶道が絡み出すと、キリがあらへん。それだけで一冊本ができてしまうわ。お茶壺道中で留めておくのが無難やな。それにしても、なかなか面白い話が出てくるもんやな。面白いというか、辛辣《しんらつ》っていうか」

小依はハッとした。

「私も、そう思ってました」

「たまたまかもしれんけど、深掘りしていったら怖いもんに当たりそうな予感がするわ。小噺にするからには、あんまり掘り下げんと、軽い感じにまとめるのがええと思う。どうやろう？」

「えっ……」

思うことはある。だがそれを口にするのは自信がない。本の方向性に繋がることだ。皆月は小依が素人同然だと知っていても、ちゃんと相談してくれる。考えを聞いてくる。深い意味はないのかもしれない。だが意見する重みを感じた。

返答できずにいると、皆月は優しく言った。

「会社に持ち帰って考えてくれたらええわ。取材先はまだ何軒かあるんや。他にも色んな話が出てくるやろうしな。次は？　和が続いたから、洋がええんちゃうかな」

「次は、やまだ茶舗《ちゃほ》のソフトクリームです。冷たい物が続くので、先生はひと口だけ食べていただいて、あとは私が」

「出されたもんは全部食べなあかんやろ。でも、あんまり甘いのは僕、苦手やねんな。カメラマンさん、半分こしよか」

彼は後ろから付いてくる後藤に声を掛けているが、苦笑いされるだけだった。

# ◆四の葉

「冷たいもんはもう無理や」

腹をさする皆月を見て、小依は呆れた。

「だから止めたじゃないですか」

「そやけど、抹茶だけやなくて、ほうじ茶のほうも食べて、感想を綴るべきや。それが僕の仕事なんや。仕方あらへんやないか」

仕方なくはない。皆月は自ら進んでソフトクリームを二個も食べた。冷たい物の連続で、彼はすっかり胃を冷やしてしまったらしい。

二人は表参道をゆっくりと駅へと向かっている。カメラマンの後藤とは、店を出てすぐに別れた。やまだ茶舗でたっぷりと粉末を振りかけたソフトクリームを撮影して、抹茶の小噺も聞かせてもらった。

やまだ茶舗の話は茶葉に関する知識だった。教えてもらった『寒冷紗《かんれいしゃ》』をスマホで調べる。

「寒冷紗、初めて聞きましたけど、保温、防風などの目的で農作物に被《かぶ》せる網だそうです」

農業用具で検索すると、遮光ネットとして普通に販売している。黒い網目のゴザだ。

「抹茶になるお茶の葉は、摘み取る少し前からこのシートで畑を覆《おお》って、直射日光を遮る。これが意外でしたね。お茶畑といえば太陽を燦々《さんさん》と浴びているイメージだったのに、わざと日差しを遮ったほうが品質は高くなるなんて」

その理由は、健康に効果的な葉緑素が増加するからだ。子供の頃に習った光合成の仕組みを取材先で聞くとは思わなかった。

「理科の授業みたいで、面白かったですよね。そういう細やかなコントロールがあって、お茶の葉は美味しくなるんですね。……あれ？」

話しかけていたつもりが、隣に皆月がいない。いつの間にか一人で歩いている。参道の脇道に入ってしまったようだ。

「あら、ここどこ？」

キョロキョロしているうちに、お茶の香りが深くなってきた。長い塀に沿っていくと、『桔梗園茶舗』と書かれた板看板を見つけた。

「この店……」

『桔梗園茶舗』は古めかしい木造の店で、茶葉だけを扱っているのか、暗い店の奥にはお茶の袋と缶がずらりと並んでいた。客が一人もおらず、入りにくい雰囲気だ。

店の隣にはしっかりと閉ざされた重厚な門があり、角まで塀が続いている。一軒の屋敷だ。かなり広大で、湾曲した白壁は先が見えない。

小依はしげしげと店を眺めた。

桔梗園茶舗。思い出した。嵐山で食べたパフェに使われていたのはこの茶舗の抹茶だ。観光客を寄せ付けない荘重《そうちょう》な店構えからは、流行のスイーツに使用される抹茶を卸しているとは想像できない。

後ろから皆月が追いついてきた。

「ごめんごめん、急におなか痛なって、トイレ借りててん」

「大丈夫ですか？　駅までタクシー拾いましょうか」

「いや、もうすっきりしたからどうもない。ん？　なんや、この店。えらいええ香りがするな。この店の奥で茶葉を挽いてんのか」

皆月は顎《あご》を上げ、鼻を鳴らせて匂いを嗅いだ。店に入るのかと思ったらそうではなく、彼が向かったのは屋敷だ。鼻先を引かれるように通用口の扉を押し開ける。

「せ、先生、駄目ですよ。こっちはお店じゃなくて、ご自宅みたいですよ」

止めたが、皆月は敷地の中に入ってしまった。慌ててあとを追うと、より一層匂いが濃くなった。まるで抹茶の粉末を吸い込んでいるかのようだ。

門の向こうは中庭だ。手入れされた日本庭園の合間に石畳が伸び、古い屋敷へと続いている。かなり大きな屋敷だ。玄関は閉まっている。

「先生、よそのおうちに勝手に入ったら怒られますよ」

怒られるだけならまだしも、通報でもされたら大ごとだ。だが皆月は匂いのする方へ進んでいく。表の店とは反対側へ回り込む。

「なんちゅう香ばしいんや」

「先生、戻りましょう。もし取材がしたいなら、ちゃんとアポを取ってから後日……」

小依はぎょっとして立ち止まった。

縁側の障子戸が開け放たれた小さな和室がある。和室の中は黒ずんだ木の箪笥《たんす》がびっちりと敷き詰められ、その真ん中に座布団を丸めたような何かがある。

あの座布団、動いてる？

「せ、先生」

思わず、皆月の着物の袖を掴む。これでは小噺ではなく、ホラーだ。

だが、よく見れば座布団ではない。くすんだ黄緑の着物を着た老婦だ。白い髪を結い、背中を丸めて座っている。老婦は覆い被さるようにして、石臼を挽いていた。黒い石の合間から、緑の粉が零れ落ちている。

ゴリゴリ、ゴリゴリ。

石のこすれる音がする。

「こんにちは、おばあちゃん、何やってんの？」

皆月はなんの躊躇もせずに話しかけた。老婦は手を止めることなくゆっくりと石臼を挽き続けていたが、唐突に顔を上げた。

「あんた、誰や」

「皆月です。お菓子の水無月とちゃいますよ。小説家の皆月豊って言えば、聞いたことあるかな」

「ミナヅキはん？　知らへんなあ」

「はは、あかんか。さっき団子屋さんのご主人が知ってくれたはったから、調子に乗ってしもた」

皆月は小依に向かって照れ臭そうに笑う。小依は困った。

「ご存じだったとしても、勝手に入っては駄目です。いい匂いに誘われたなんて、言い訳にはなりませんよ」

「なんや、あんたら。お抹茶の匂いにつられてきたんかいな。ええ鼻したはりますな」

老婦は顔をくしゃくしゃにして笑った。皆月もにっこりと笑う。

「おばあちゃん、お茶淹れてくれんの？」

「ほほ。けったいなボンやな。まあ、ええわ、そっちの縁側から上がってんか」

老婦はどっこいしょと、億劫《おっくう》そうに立ち上がった。だが、座っていた時とほとんど背丈が変わらない。かなり腰が曲がっている。

「松尾《まつお》はん、松尾はん。ちょっと来てや」

「へえ、奥さま。どないしはったんですか？」

老婦と同じ歳くらいの、小柄な男性が入ってきた。背筋は真っ直ぐだが、足取りはおぼつかない。二人は小さな和室から広間へと出て、ヨタヨタと襖《ふすま》の向こうへと消えていった。

小依は冷や冷やしながらやり取りを聞いていた。

「先生、大丈夫ですか？　いきなり知らないお宅にお邪魔して、お茶をいただくなんて」

「ここ、お店やろう。表で小売りしてたやん。お茶一杯くらい、そんなとんでもない値段とちゃうやろ。ええよ。僕が奢《おご》ったるさかい」

「そういう問題じゃありませんよ」

まだ誰も戻ってきていない。小依は首を伸ばして和室を覗いた。

黒ずんだ木の箪笥も古そうだが、さっき老婦が挽いていた石臼。これもかなり年季が入っている。

円柱の黒い石に刻されているのは、五角星の花だろうか。その中心に猫のような動物が見える。

「あれって、家紋《かもん》でしょうか。変わってますね。動物の家紋なんて」

「ほんまやな。朝顔の花に動物か」

「あれは朝顔じゃなくて、桔梗の花だと思いますよ。このお店、桔梗園茶舗っていうんです」

「なんか聞いたことあるな。桔梗園茶舗……。結構な老舗とちゃうん」

「おまっとさん」老婦が小さな茶碗を二つ、盆に載せて戻ってきた。「なんや、あんたら。そんなとこに立ってんと、はよ入りなはれ」

「ほな、遠慮なく」

皆月はそう言うと、縁側で草履《ぞうり》を脱いで和室へと上がった。妙なことになってしまったと、困惑しながら小依も中に入る。

和室は四畳半ほどだが、奥に続く部屋は広い。外観も内観も立派だ。カメラマンが一緒なら、表の店とお屋敷、写真を撮らせてほしかった。老婦が出してくれた白磁の茶碗には、澄んだ緑色のお茶が入っている。

不思議な青い香りは、まるで鼻をくすぐるようだ。

「これは、お抹茶じゃなくて……」小さくつぶやく。

老婦が「ほほほ」と笑った。

「玉露《ぎょくろ》や。お日さんに当たらんようにしたお茶の葉を、揉《も》んでうま味を引き出したのが玉露。揉まずに、蒸して乾かして、炙《あぶ》ったもんが碾茶。それを挽いたのがお抹茶や。まあ、飲んでみなはれ」

「は、はい」

小依は言われるまま、お茶をそっとすすった。

次の瞬間、動きを止める。口の中にすっと甘味が入ってきた。

「美味しい」

「そうですやろ」

「香りが甘い。青い甘さのあとに、お茶の甘さが追ってくるみたい。これは……今まで飲んだお茶の中で、一番美味しいです」

「ほっほっほ」と老婦がくぐもった笑い声を上げた。「玉露特有の香りや。覆《おお》い香《か》、いうんや」

「覆い香。本当に香りが追ってきます。玉露の香り……。今のお話だと、この玉露と抹茶は、元々同じお茶の葉なんですか？」

「せや。お茶いうのは、いっこや。育て方や作り方が違うだけで、お番茶《ばんちゃ》も烏龍茶《うーろんちゃ》も、若い子がよく飲む紅茶も全部同じ葉っぱや」

「えっ、紅茶も？　紅茶と抹茶は同じ葉なんですか」

「せや。発酵《はっこう》させへんかったり、よおく発酵させたり、ちょっとずつ作り方を変えてるんや。同じ葉っぱいうても、漉《こ》さんで飲めるお抹茶と、そうでない他のお茶はだいぶんとちえてもらったが、そこから遡《さかのぼ》って、紅茶や烏龍茶などに枝割れしているとは思わなかった。

抹茶のスイーツや食品についてはかなり調べたつもりだ。碾茶のこともさっきの店で教
やうけどな」

「どんどん奥が深くなるな」

皆月の茶碗はもうカラだ。和服姿のせいか、この屋敷に溶け込んでいる。

「なあ、おばあちゃん。今、淹れてもろたんは、『桔梗園茶舗』のお茶やんな」

「せや。なかなかのもんやろ」

「なかなかどころか。うちの担当さんの言うとおり、今まで飲んだお茶の中で一番美味しいわ。この大庭さんはな、若いけど味にうるさい敏腕《びんわん》編集者さんなんやで」

「先生？」

小依はギョッとした。皆月は悠然と微笑んでいる。

「僕らは今、京都の名所を巡りながら、お抹茶に纏わる話を拾い集めてるんや。こうやって美味しいお茶をいただいたんも、なんかの縁や。この『桔梗園茶舗』のことを書かせてもらわれへんやろうか」

いきなりの提案にびっくりだ。老婦の前だが、小依は皆月の和服の袖を引っ張った。声を潜める。

「先生。どうしたんですか、急に」

「いや、さっきスマホで検索したら、この店、取材は拒否なんやって」

スマホは苦手だと言っていたくせに、意外と素早い。小依は呆れた。

「だったら尚更《なおさら》駄目じゃないですか」

「だからこそ、本に載せられたら面白いやん。それに、大庭さんが作ろうとしてるんは、単なる商品や店の紹介本とちゃうやろ。よそでは聞かれへん話がここで聞けたら、ただの小噺よりもっと深い内容になるかもしれへんで」

「で、でも、あまり掘り下げないほうがいいって」

「面白いもんが出てきそうなんや。掘ってみる価値はあるんとちゃうか」

小依は急に決断を迫られた。独断の取材交渉など想定外だ。後々、問題が出てくるかもしれない。

だが、皆月は桔梗園のお茶に興味を示している。あっちの店、こっちの店と、浮雲のようにフワフワ引き寄せられていた彼の目が、今は真剣だ。

そして自分は今、主導する立場だ。編集としての経験がゼロでも関係ない。責任者は、小依なのだ。

書き手が本気なら、腹を決めよう。小依は姿勢を正した。

「き、桔梗園様！　私、太秦出版の大庭といい……グフ！」

意気込みすぎたせいで気管に唾液《だえき》が入り、激しくむせる。挨拶どころか息もできない。慌てて呼吸を整えようとするが、ヒューヒューと喉から音が出るだけだ。

「おいおい、大丈夫かいな、大庭さん。ほら、お茶飲んで」

皆月が茶碗を渡すが、小依は涙を浮かべて首を横に振った。お茶を飲めば吹き出してしまうだろう。

「グフ……。失礼しました、桔梗園様。ぜひ、弊社の京都特集に、こちらのお抹茶を掲載させていただけないでしょうか」

「ほっほっほ」と、老婦が朗らかに笑った。「えらい元気のええ娘さんやな。店のことは、孫息子に全部任してますんやわ。奥の事務所にいてるさかい、好きにしはったらええ」

「ほんとですか？　ありがとうございます！」

咳き込みすぎたせいで胸が痛い。だが許可をもらえて嬉しい。皆月を見ると彼も笑っている。

「おおきに。おばあちゃん」

「わたしゃ、おばあちゃんとちゃうえ。花村《はなむら》トキや。トキさんゆうてんか」

「ほな、トキさん。直接お孫さんと話さしてもらうわ」

その時、奥の襖が開いて、スーツ姿の真面目そうな青年が入ってきた。小依と皆月を見て顔を曇らせる。

「おばあちゃん、この人ら、誰ですか？」

「ああ、雅臣《まさおみ》か。ミナヅキ、ユなんたらいう画家さんと、オオハコさんいう太秦の娘さんや。お抹茶の匂いにつられて迷い込んできはったんや」

「皆月豊です。画家とちごて、しがない物書きです」

皆月が会釈をすると、雅臣と呼ばれた青年は少し驚いたようだ。

「皆月豊さんって、あの皆月さん？　京都の作家さんですね。僕、何冊か読んだことありますわ」

「それはどうも」

「へえ……。それでその皆月さんが、うちの祖母になんのご用でしょうか？」

「今、こちらの太秦出版さんの企画で、京都の老舗や神社仏閣《じんじゃぶっかく》を訪ね歩いて、話を聞かしてもらってるんです。こちらの桔梗園茶舗さんは取材を受けはらへんとわかってますけど、いただいたお茶があんまりにも美味しいんで、どうしても著したいと思て。あきませんでしょうか」

皆月はゆったりと微笑みかけた。声も表情もとても柔らかい。和服のせいもあってか、まるで彼のほうが老舗茶舗の若旦那《わかだんな》だ。

この人、フワフワして見えるけど、結構な人たらしかもしれない。

小依は二人のやり取りを聞いて、そう思った。何冊も著書を読んだことがあるなら、その本人からの申し出はかなり惹《ひ》かれるはずだ。

雅臣も戸惑っているようだ。目線を落として何かを考えている。

また襖が開いて、今度は若い女性が入ってきた。雅臣のそばに寄る。

「雅臣さん、そろそろフジノ製菓の人が来はりますよ」

「ああ、そうやったな」

雅臣は少し躊躇《ためら》ったあと、皆月に向かって言った。

「……うちの店は取材を断ってるんですが、内容如何《いかん》によってはお受けしようかと、方針の転換を検討している最中なんです」

「それはありがたい」と、皆月は微笑んだ。

「まだ検討中です。あまり強引な真似はせんといてくださいよ。もし掲載してもらう場合も、僕が細かくチェックしますからね」

「もちろんです。お店側の意向が一番ですよね、大庭さん？」

「はい。そうです。ご担当者様に了承をいただいてから発刊いたしますので、ご安心ください」

「そうですか。それやったら」

雅臣の顔が緩んだのを見て、小依はホッとした。最初は否定的に感じたが、どうやらいい方に向かいそうだ。

ふと、さっき入ってきたビジネススーツの女性がこっちを凝視しているのに気が付いた。目が合うと、すぐに顔を背けられてしまったが、なんとなく見覚えがある。

「もしかして……」

小依が声を掛けると、女性はあたふたと雅臣の腕を取った。

「雅臣さん、早く。遅れますよ」

「ああ、そうやな。じゃあおばあちゃん。お喋りすんのはええけど、出版社の人にあんまり余計なこと言わんといてや」

「なんや、雅臣。また違う洋菓子の店にうちのお茶卸すんかいな。今月だけでも、何個目や」

「話を聞くだけや」

「なんえ？　急に、えらいやる気になって。ちょっと前までは、ボケっと店番してるだけやったのに」

「べ、別にええやないか。僕だって色々考えがあるんや。いつまでも松尾さんに頼りっ放しやと、申し訳ないやんか」

雅臣はそそくさと背を向け、女性とともに和室から出て行った。

「あの女の人」小依は小さな声で皆月に言った。「知ってる人なん？」

「たぶんですけど、嵐山にある京豆狸っていう甘味処にいらっしゃいました。お店でちょっと注意されてしまって」

「へえ。お店の人と揉めるなんて、意外やなあ」

「ち、違います。揉めてません。私が京豆狸の抹茶パフェの味が変わったなんて言っちゃったから、怒らせてしまったんです」

「あれは、雅臣の嫁の妹や」

話を聞いていたのか、トキは意味ありげに含み笑いをした。

「なかなか気い強い娘やで。雅臣の嫁と二人して、京豆狸のべっぴん姉妹いうてな、ちょっと有名なんや。二人とも料理人や」

料理人の美人姉妹。

そういえば、京豆狸のメニュー表に笑顔の女性二人の写真が載っていた。さっき会ったスーツ姿の女性と、コックコートの女性だ。

「じゃあ、京豆狸の厨房にいたもう一人の女性が、お孫さんのお嫁さんなんですね」

「パティシエいうやつや」

「パティシエやな」と、皆月が笑う。

「せや。姉妹二人ともパテシエや。考えたり作ったりすんのは姉の秋穂《あきほ》のほうで、さっきの聡美いうんが、店の切り盛りをしとる。元々はあの子らの父親がやってる手焼き煎餅《せんべい》の店をのれん分けして、観光客向けの甘いもんに変えて繁盛させたんや。若い娘だけでやったにしては、なかなかたいしたもんやで」

「煎餅屋のパティシエと老舗茶舗の跡取り息子のカップルか。京都らしい、ええ組み合わせやな」

「最初にうちへ商売の話持って来たんは、聡美のほうや。六、七年くらい前やったかな。うちのお抹茶を、若い子が好きなパペとかアイスクリンに使わしてほしいいうて、話を持ち掛けてきたんや」

「アイスクリン？」

訝る小依に、皆月が言った。

「アイスクリームのことやろ」

「そうか、洋菓子系ってことですね」

「せや。今はどこの茶舗でも、あっちこっちに卸してるやろ。ペットボトルにまでお抹茶が入ってる時代や。そやけど、よそに出したら生産を増やさなあかんし、その分、品質は落ちる。わたしゃ、あんまり賛成やなかったんやけど、ちょうど店の仕切りを始めた雅臣がその話を気に入ってな。聡美もなかなか商売熱心やったし、若いもんに任せてみようと思たんや。まあ、雅臣が気に入ったんは仕事だけとちごたけどな」

小依は首を傾げた。トキの言っている意味がわからない。

皆月が苦笑いをした。

「お嫁さんのことちゃうか。聡美さんのお姉さんの秋穂さんのことを、気に入ったんやろ」

「あ。そういうことですか」

「ほっほっほ、そういうこっちゃ。秋穂が嫁に来た時は、近所でもちょっと笑い話やったんやで。お狐さんのとこに、狸が輿入《こしい》れしはった言うてな」

「カフェが京豆狸だから狸なんですね。あれ、じゃあお狐さんっていうのは」

小依は入ってきた小部屋にある石臼を見た。トキが抹茶を挽いていた物だ。猫のような動物が刻まれている。

「もしかしてあの石臼の印は、狐ですか？」

「そうや。お狐さんや。あれは花村家の家紋の、桔梗と狐や」

「へぇ。石臼に狐の家紋入りか」

皆月の目に、何かを見つけたような光が見える。

「確か家紋って、その家に所縁《ゆかり》のある文様や形が変化したり、職業や出身が由来になってたりするんやろう。お狐さんが花村家とどういう所縁があるんか、よかったら教えてくれへんかな。僕ら、抹茶に関わる面白い話を集めてるんや」

「そんなたいした話やあらへんで」

そう言いつつも、トキは嬉しそうに顔をくしゃっとさせた。

「あんたら、宗旦狐《そうたんぎつね》って知ってるか?」

小依と皆月は顔を見合わせると、互いに首を振った。

「宗旦いう人は、あの千利休さんの孫さんや。その宗旦の子が、今の三千家《さんせんけ》を興《おこ》したんや。あんたらも三千家くらいは聞いたことあるやろ?」

「ええと……」

小依は言い淀《よど》む。聞いたことはあるのだが、本当に聞いただけだ。皆月のほうも、苦笑いして肩を竦めている。

二人の様子を見て、トキは笑った。

「なんや。全然あきまへんがな」

「すみませんな、勉強不足で」

「ほっほっほ。まあ、かまへん。千利休さんを祖とする茶道の流派で、宗旦の三人の子供が、それぞれそれを作らはったんや。次男が武者小路《むしゃこうじ》千家、三男が表《おもて》千家、四男が裏《うら》千家。この三つを三千家言うんや。同じ茶道でも、それぞれ、ちょっとずつ作法が違う。お薄の点て方にしても、裏千家はよう泡を立てるけど、表千家と武者小路家は、あんまり泡立てません。まあ、それくらいは覚えとき」

「はい。勉強になります」

小依が真剣に言うと、皆月も微笑んで頷いた。

「僕も、覚えときます」

「ほっほっほ。お狐様の話やったな。その宗旦さんがな、上京《かみぎょう》区にある相明寺《そうみょうじ》でお茶会を開いてお点前を披露しはったんや。そら、なんというても千利休さんの孫さんやからな。それは見事なお点前やったらしい。ところがな、そのお茶会にもう一人、宗旦さんが遅れてやってきはったんや。周りはびっくりや。宗旦さんが二人。どないなことや思う？」

今日、二度目の謎掛けだ。小依はチラと皆月を見た。

彼は腕を組んで考えている。さっきは二人とも外れだったが、ここは担当者として先に答えを出したい。めちゃくちゃでも早い者勝ちだ。

「兄弟！　宗旦さんにはよく似た弟がいて、遅れてきたお兄さんの代わりにお茶を点てたのでは？　弟も千利休さんの孫さんだから、見事なお点前だったんですよ」

「いいや、ちゃうな」

皆月は急に不敵な笑みを浮かべた。

その顔付きから、どうやら答えがわかったらしい。

ずるい、と小依は思った。作家なのだから想像力には長《た》けているはず。きっと推理も得意なのだろう。

「宗旦さんには、双子の兄弟がいるんや。双子やからそっくりで、用事がある時とかはたまに入れ替わっていたんやけど、その日はたまたま二人とも来てしもたんやな。どうや」

「先生。それ、私と同じ答えですよ」

「君のは弟で、僕のは双子や」

「一緒ですって」

「アイデア与えるんも、担当の仕事やろ。君の答えは僕のもん。僕のもんは僕のもん」

皆月は新米編集者の答えを堂々と流用すると、自信たっぷりな顔でトキに言った。

「どうや、トキさん。僕の答えでおうてるやろ」

トキは笑っていた。

「どっちもちゃいます。お茶を点ててたんはな、寺に住んでた白狐やったんや」

「あっ、狐！　そうか、だから宗旦狐なんですね」

「せや。狐が茶菓子欲しさに、宗旦さんに化けてお茶会に出てたんやな。その狐のお点前があんまりにも見事やったさかい、宗旦さんはびっくりしはったそうや」

「へえ、お茶を点てる白狐か。面白い話やな」

小依と皆月は笑い合った。どうやら今回は、ほのぼのとした話らしい。

「狐はそのあとも色んな人に化けて、あっちこっちで禅を組んだり碁《ご》を打ったり、楽しくやってたそうや。周りもわざと騙《だま》されたりしてな。宗旦さんも、自分に化けた狐と向かい合ってお点前を披露し合ったりしてたんちゃうかな。今も相明寺には宗旦祠《そうたんほこら》いうお社《やしろ》があるくらいやからな」

「いいお話ですね、先生。あとで日程調整して、相明寺にも取材に行きましょう」

小依は目を輝かせた。茶目っ気のある白狐と、お抹茶の組み合わせは面白い話だ。ぜひ紹介させてもらおう。

「そやけど、今の狐の話と、花村家の家紋はどう関係があるんや？　桔梗の花は名字から取ったとしても、狐は？」

「それはな、わたしらが宗旦狐の子孫やからや」

トキが怪しげに笑った。小依は首を傾げた。

「宗旦狐の子孫？」

「そうや。宗旦狐の話には、はっきりとした終わりがあらへん。猟師に撃たれて死んだとか、井戸に落ちてしもうたとか色々言われてるけど、実はそうやない。世間が知ってる宗旦狐の話は、今わたしが言うたとおりや。そやけど代々うちの家に伝わってる桔梗狐いう話が、ほんまもんなんや」

「桔梗狐」

小依と皆月は声を合わせた。

「相明寺の白狐は宗旦狐と呼ばれるだいぶ前から、僧に化けてあちこちに托鉢《たくはつ》へ出てたんや。托鉢て、わかるか？　お坊さんが修行のため、お経を唱えながら鉢を持って回ることや。狐は僧の姿でこの宇治へもやって来た。そしてそこで、あるお茶屋を訪れたんや」

「そのお茶屋さんが、もしかして」と、小依が言う。

「そう、この桔梗園や。昔は花村茶舗いうて、店を継いだばっかりの若旦那さんと、べっぴんの若奥さんがおってな。仲のええ夫婦やったけど、如何せん若旦那がボンクラで、茶舗は火の車やったらしい。僧に化けた狐が店の前でお経を読んでも、握り飯すら持ってきよらへん。こら、一文にもならへんわと狐が諦《あきら》めかけた時、若奥さんが淹れたてのお茶を運んできはったんや。さっきあんたらが飲んだお茶と同じもんをな。狐はそのお茶の美味しさと、若奥さんのかえらしさに惚《ほ》れてしもたんや」

　ほう、と二人してため息が漏れた。

「なんだか私、狐目線で、すべてがスローモーションに見えました」

「僕もや。恋愛漫画の出会いの場面みたいやなあ」

「ほっほっほ。すっかり若奥さんに惚れ込んでしもうた狐は、火の車やった茶舗をなんとかしてやろうと、宗旦さんに化けて花村のお抹茶でお茶会を開いたんや。そのお茶が美味しいいう噂が広がって、それから花村のお抹茶はあっちこっちから引き合いがくるようになった。狐の計《はか》らい通り、店は大繁盛したらしい」

「じゃあ狐も、好きな若奥さんが幸せになってくれて嬉しかったんですね。いい狐ですね」

円満に締め括《くく》られた、いい昔話だ。

だが、トキはニンマリと笑った。その顔は、微笑ましい終わりではないと語っている。

「この話には、まだ続きがありまっせ。宗旦狐はそのあとも、ちょくちょく宇治へ通ってきてたんや。その若奥さんの元へな。もちろん、人間の姿に化けてや。そうしてる間に若奥さんに子供ができてしもうたさかい、宗旦狐は住み慣れた相明寺を出て、人間として花村茶舗で暮らすことにしたんや。その時、若奥さんの名前の『桔梗』いうのを店の名にして、家紋も自分に所縁のある『桔梗狐』にしたんや。だから花村の家のもんには、宗旦狐の血が流れてるんや」

トキはそう言うと、満足気に頷いた。

小依は途中から混乱していた。話を噛み砕いたあと、首を傾げた。

「あれ？　いつの間にか、桔梗さんの旦那さんが狐に代わってませんか？　でも狐は宗旦さんに化けていたんですよね。お坊さんだったこともあるけど……。若奥さんに赤ちゃんができて、花村茶舗で一緒に暮らすとしたら、本物の若旦那さんはどこに行っちゃったんですか？」

「ほっほっほ。ほんまやな。若旦那さんはどこ行かはったんやろうな」

これも謎掛けだろうか。だがトキは問いかけているふうでもない。悪戯《いたずら》好きの子供のように笑っているだけだ。

チラリと皆月に横目を投げる。彼は何も疑問に感じていないようだ。

「ほんまの話とちごて、お坊さんに優しくしたら得があるっていう寓話《ぐうわ》やろ。それか、ちょっとしたやっかみが含まれてるんかもな。花村茶舗の抹茶を宗旦さんが気に入ったのを皮肉って、あの宗旦さんは、ほんまはお狐さんなんやでってな」

「なるほど。昔話って、どこか教訓めいたところがありますもんね」

それに怖い部分や、酷《こく》な部分もある。

今の話も、オチでは若旦那がいなくなっている。お茶壺道中の童謡でもそうだったが、元をたどれば皮肉や悲話から派生しているようだ。

だが白狐の恋は面白かった。それには皆月も同意見のようだ。

「なあ、トキさん。今の話も含めて、桔梗園茶舗のこと本にさしてもらっていいやろうか。この店のお薦《すす》めの抹茶とか商品とかは、追って取材……で、ええやんな。大庭さん？」

「はい。掲載する品はだいたいお店の一押しか新商品ですが、そこは若旦那さん、じゃなくてお孫さんの雅臣さんと相談させていただきます。取材にはカメラマンが同行しますので、ぜひ、あの石臼に刻まれた桔梗狐の紋を撮らせてください」

「お嬢さん、桔梗狐が気に入らはったんか？」

「はい」

小依は大きく頷いた。桔梗狐が気に入ったというより、気になるのは石臼のほうだ。ホテルオークラで資料に載っていた石臼を見た時から、なぜかずっと心の片隅に残っている。

「ふうん。それやったら、あんたら、来週の献茶会《けんちゃかい》に来たらええわ」

「献茶会？」

「年に一回、桔梗園のお茶をお狐様に献上するために、お茶会を開くんや。身内ばっかりの気楽な席やさかい、隅っこのほうに座ってたらええ。そこで使うお抹茶は花村家に代々伝わる特別なもんや。普段は外には出されへん」

「そんなすごい会に呼んでくださるんですか」

一瞬、やったと喜んだ。だがすぐに不安になった。作法も何も知らないのに、そんな特別なお茶会に参加できるだろうか。

「あの、トキさん。実は私、作法どころか正座もロクにできなくて」

「そんなん、かましまへん。足くずして座ってたらよろしいねん。そっちのボンも、来ておくれやす」

「もちろん、行かしてもらいます」

「次の献茶会は、ちょっと特別なんや。他人さんにいててもらったほうが、ええかもしれへんわ」

トキは背中を丸くして笑っていた。

二人は縁側から庭へ出た。お茶会は来週だという。通用口へ向かいながら、小依はため息をついた。

「想像していた以上に大きな話になっちゃいましたね。桔梗園の特別なお茶会もドキドキするけど、宇治田原《うじたわら》にある特約農家の取材まで話が広がってしまって。帰ってから、錦織社長に了承もらわないと。出張は駄目って言われたら、どうしよう」

「もしあかんって言われたら、僕だけで行ってこよか？」

皆月は気遣ってくれている。だが、小依は慌てて首を振った。

「いいえ。先生を一人で行かせるなんてできません。担当として、私が付いていきます」

「はは。なんや急にやる気が出てきたな。最初は意見言うのも躊躇してたのに」

「それは……」

皆月が自由すぎるからだ、とは言えない。

桔梗園の面白いネタを得られたのは彼のお陰だが、今回は運がよかっただけだ。いきなり飛び込めば、怒る相手のほうが多いだろう。小依から見ても皆月は奔放《ほんぽう》な人だ。放っておけない。

張り付いていないと、ソフトクリームを何個も食べておなかを壊したり、自分の好きな物を注文したりと、取材にならない可能性がある。

「大丈夫です。喧嘩してでも、宇治田原への出張は了承をもらいます。日時の調整ができたら、先生にもご連絡します」

「そっか。ほな頼むわ」

広い日本庭園から出ようとした時、声が聞こえてきた。庭の片隅でスーツ姿の女性が話をしている。さっき会った聡美だ。

もう一人女性がいる。遠目だが、なんとなく見覚えがある。トキの孫息子の嫁、秋穂のようだ。

「あの人、たぶん、パティシエのお姉さんのほうですね」

「京豆狸のべっぴんパティシエ姉妹か。確かにどっちも美人やな。……なんか、あの二人、喧嘩してへんか？」

確かに秋穂と聡美の様子は少しおかしい。何か言い争いをしているようだ。皆月が小依を引っ張った。

「先生？」

「しいっ」と、身を屈めて二人に近付くと、灯籠《とうろう》の後ろに隠れる。まるでベタなサスペンスドラマだ。秋穂と聡美の会話が聞こえてくる。

「……無理やって。おばあさまにばれたらどうすんの」

「ばれへんよ。だってどうせ……」

秋穂は困っているようで、一方の聡美は強い口調だ。

皆月がコソコソと言った。

「よく聞こえへんな。何話してるんやろ」

「先生、盗み聞きなんかしちゃ悪いですよ。行きましょう」

「盗み聞きちごて、ただの立ち聞きや。あの二人、姉妹だけあって雰囲気が似てるな。僕が思うにさっきの桔梗狐の話って、今の花村家の」

「あ」

小依は固まった。秋穂と聡美がこっちを見ている。話しているうちに気付かれてしまった。

秋穂はきょとんとして、聡美は忌々《いまいま》しげに眉をひそめている。

「さっきの出版社の人ですね。おばあさまと喋ってはったけど、わざわざ京豆狸の味が落ちたって、桔梗園まで報告しに来はったんですか？」

「ち、違います。ここへは……」

その時、屋敷のほうから聡美を呼ぶ声がした。聡美は小依を睨むと、足早に行ってしまった。小依は秋穂に弁解をした。

「先日、嵐山では失礼しました。私、太秦出版の大庭といいます」

「この前お店に来てくれはったお客さんですよね。どうして、ここへ？」

「私たち、宇治でお抹茶の店を取材していて、たまたま桔梗園に来たんです。さっきまでトキさんから宗旦狐の話を聞かせてもらってました」

「そうなんですか。おばあさまったら、またお狐様の話を？」

秋穂は警戒を解いたようだ。クスクスと笑い出した。

「花村家は宗旦狐の子孫やって言うてはったんでしょう。托鉢の僧が若奥さんに一目惚れした話も聞かはりました？　おばあさま、あのお話大好きなんですよ」

秋穂は妹の聡美と違って穏やかな女性だ。抹茶特集のための取材だと言うと、離れにある自分専用の厨房を見せてくれた。

厨房には本格的なオーブンに調理台、大きな冷蔵庫があった。洋菓子だけでなく、和菓子を作るための道具も揃っている。

「へえ、ここで京豆狸に出すスイーツを考えてるんですね。なんだか不思議ですね。老舗の茶舗の離れに、お菓子作りの厨房があるなんて」

「使ってへん古い建物のお台所を、新しく作り変えてもらったんです。ありがたいことです」

秋穂は抹茶と和三盆《わさんぼん》のクッキーを出してくれた。ほろほろとした触感の柔らかいクッキーだ。

「美味しい！」小依が言うと、秋穂はホッとしたようだった。

「よかった。これは自信があったんです」

皆月も目を大きく見開き、クッキーを頬張っている。

「めちゃくちゃうまい。これ、表の店で売ってるんやろか」

「まだ試作なんです。よかったらもっと召し上がりますか？」

「なんか催促《さいそく》したみたいで申し訳ないなあ」

そう言いつつ、まったく申し訳なさそうではない。小依は訝った。

「先生、大丈夫ですか？　さっき食べすぎて、おなかが痛くなったじゃないですか」

「あれは冷たいもんやから、キューってなったんや。このクッキーはあんまり甘くなくてちょうどええわ。僕、甘いのそんな得意とちゃうし」

彼の甘い物不得意アピールはもう真に受けていない。どう見ても甘党なのに、なぜ逆の主張をするのかわからない。

秋穂は追加でクッキーを出してきてくれた。皆月が一人で食べている。

「僕は甘いもん得意とちゃうんやけど、これはそんなに甘ないから、なんぼでも食べられるわ」

「よかった。これはそういう人のために作ったんです。甘い物が美味しいのは当たり前やけど、甘さを控えても美味しいもんって、なかなか難しくて。どうしても頼りなくなってしまうでしょう」

その言葉に、小依はチクリと胸が痛んだ。

「先日は本当に失礼しました。お店の中で、大きな声で批判的なことを言うべきじゃありませんでした」

「ええんです。お客さんの感じたことが、ほんまもんなんです。京豆狸の抹茶パフェは何度も改良してるんですけど、作り手とか身内はどうしても感情が入ってしまって駄目なんです。自分に緩くなってしまうっていうか……。大庭さんの言わはったとおり、あのパフェはただ甘いだけの代物なんです」

「ふうん。大庭さんの舌が肥えてるのも、よし悪しなんやな」

皆月がクッキーを頬張りながら言った。

「普通やったら甘くて美味しいだけで充分やのに、繊細に味を感じ分けてしまうんか。絶対音感ならぬ、絶対味覚みたいなもんやな」

「そこまでじゃありません」

小依は苦笑いした。

確かに味に敏感なのは、いいことだけではない。世間で流行っている物を美味しいと言えない時には、損をしている気分になる。見た目の映えで、味覚も誤魔化せればいいのにと思う。

だが秋穂には自分の商品が未完成だという自覚がある。改良を続けるのは、目指すべきところがあるのだろうか。

「あの……秋穂さんには、豆狸パフェの理想像のようなものがあるんですか？　大抵のお店の看板商品には、見た目や味にオリジナリティがあります。こまめに改良されているのは、それを模索《もさく》されている途中なんでしょうか」

するると秋穂は切なそうに微笑んで、冷凍庫からアイスクリームを出してきた。抹茶のアイスだ。硬めで、少し灰茶がかった濃い緑色をしている。

「どうぞ召し上がってください」

小依と皆月は黙ってそれを食べた。口に入れた途端、二人してぎょっとする。

「これは……」

小依は息を詰めた。ただ濃くしたわけではない。口当たりは軽い。

ふわりとした触感。ムースを凍らせたようだ。

「なんや、これ。抹茶をそのまま食べてるみたいや。抹茶をアイスにした……、いや、抹茶がアイスになった？　よくわからへんけど、とにかくうまい！」

皆月は興奮気味に騒いで、あっという間に平らげた。秋穂は嬉しそうだった。

「お薄みたいに泡立てたお抹茶を、バニラアイスと混ぜたんですよ」

「このアイス、京豆狸には出してませんよね？　どうしてですか。こんなに美味しいのに」

小依も高揚していた。今まで食べた抹茶アイスの中で一番だと、断言できる。

「これは特別なんです。特別なお濃茶『桔梗昔《ききょうむかし》』を使ったから、この味が出せるんです。花村家では一年に一回、碾茶を入れたお茶壺を開ける行事があります。口切の茶事いうて、ほんまは十一月にするんですけど、花村家の茶壺は少し長めに寝かせて五月前に口を切るんです」

「そのお茶会、私たちもトキさんからご招待されました。お狐様に献上するって」

「そうですか」と、秋穂は微笑んだ。「お狐様いうても、実は花村家の身内とか、お得意様だけでいただくために作ったお茶なんです。お茶壺の中って、どうなってるか知ってはります？」

「お茶の中に、更にお茶を入れるんですよね」

ここへ来る前に岡村菖蒲衛門の店員に教えてもらったことだ。小依が得意気だったせいか、皆月は小さく笑った。

「ついさっき聞いたにしては、ざっくりやな」

「ふふふ。おおてますよ。お濃茶用の碾茶を半袋《はんたい》いう紙に包んで、お薄用の碾茶の中に埋めるんです。周りの茶葉のことを詰め茶いいます。茶事のお茶会は、壺から半袋を取り出して、すぐに石臼で挽いて、お茶をいただくんです。半袋はいくつかの壺に寝かせてあるんで、毎年、おばあさまがお菓子に使ったらええよって、ひと袋くれはるんです。さっきのアイスは、そのお抹茶、桔梗昔を使ったんです。お抹茶は保存が難しいんで、いる分だけ挽いて粉にします。お二人が食べはった分で、去年にもろた碾茶は終わりですけど」

「えっ、私たち、そんな貴重なものをいただいちゃったんですか」

「いいんです。来週にはまた新しいお茶壺を開けて、今年の碾茶を出さはるから。もろた碾茶はアイスだけじゃなくて、色んなお菓子に使いますよ。でも量が少ないからお店には出せません」

秋穂が残念そうに言った。

アイスでもここまで芳醇《ほうじゅん》な味わいになるのだ。他のお菓子ならどんなに美味しいだろうか。

想像しただけで、顔が緩む。

「その特別な抹茶を使ったスイーツ、ぜひ食べてみたいです。来週のお茶会も楽しみです。だってこのアイスの後味。口の中でも、まだ新しくお抹茶が挽かれてるみたい。ねえ、先生？」

「ああ。目を瞑《つぶ》って鼻から息を吸うたら、まだええ匂いがするわ。これはいつまで続くんやろうな」

「いつまでも、続きます」

そう言った秋穂の顔はなぜか曇っている。

「この家にお嫁にきてから毎年、お狐様のお茶会でいただくお濃茶の味は、いつまでも舌に残ります。年ごとに舌に染みつくような味です。ほんまはもう飲まんほうがええんかなって、そう思うんやけど……」

秋穂の声が小さくなっていく。

小依はふと思った。いつまでも舌に残る濃い抹茶。それをイメージした、甘めの抹茶ムースとバニラアイスの層。

「もしかして豆狸パフェって、その桔梗昔のお濃茶をプラスして、はじめて完成するように作られているんですか？」

すると秋穂は赤くなった。

「……実はそうなんです。いっつも舌の上に桔梗昔が残ってて、無意識にあの味に合うようなもんを作ってしまうんです。でも桔梗昔がないと、豆狸パフェはただの甘いパフェなんです。だから何回作り直しても、どこか納得がいかへん。そんな中途半端なもんをお客さんに出すのはあかんって、わかってるんですけど。……桔梗昔は量も少ないし、花村家だけでいただく特別なお茶です。外には出せへんのは仕方ないです。でもせめて、詰め茶を譲ってもらえたら」

「詰め茶って周りに詰めるお薄用の茶葉のことですよね。それはお茶会で飲み切っちゃうんですか？」

「いいえ」

秋穂は首を横に振ると、ため息をついた。

「それが、詰め茶はほかしてしまうんです」

「えっ、捨てるんですか？　勿体《もったい》ない」

小依はつい大きな声を出した。秋穂も声を大きくする。

「そうでしょう？　勿体ないんですよ。詰め茶も同じ碾茶なんやし、絶対に美味しいはずなんです。でも、昔、宇治からお茶壺を運んでた時代、詰め茶はほかしてたそうなんです。だから花村家もそれに倣《なら》って、詰め茶を捨ててしまうんです」

「えー、そんなのエコじゃないですよね」

「そうでしょ、そうでしょ」

小依と秋穂は二人して文句を言った。皆月はあまり賛同していない。

「勿体ないけど、口切の茶事自体が昔からの習わしやし、それだけ桔梗昔を贅沢に作っているっていう意味なんやろうな」

「でも、今どきじゃないですよ」

「そういうのを今風に変えていくんは、次の世代の雅臣さんの仕事やろ。つまり、奥さんの秋穂さんの仕事でもある。ご夫婦で相談しはったら、先に進むかもしれへんね」

皆月の口調は柔らかいが、どこか諭すようだ。秋穂はただ黙っていた。

太秦出版に戻った小依は、すぐに錦織へ報告した。錦織はまだ腰痛が治らずに、何をするにしてもゆっくりだ。

「あいたたた。初取材、どうやった？」

「はい。予定していたお店から、色んなお話が聞けました。皆月先生も、いい感想が書けそうだと仰ってました」

「そうか、そうか。そらよかった。明日は、清水《きよみず》のほうやな」

「はい。それでちょっと相談なんですが」

小依は飛び込みで訪れた桔梗園のことを話した。宇治田原への出張に、お茶会への参加のことも説明する。錦織はうんうんと頷き、そしてまた痛そうに歯を軋《きし》らせた。

「いたた。へえ、そら面白いやんか。ええで、その桔梗狐ってやつを掘り下げていこう。中身が濃かったら、それをメインにしてもええな。よくある抹茶特集とはひと味ちゃうもんができるかもしれへんで」

「ありがとうございます！」

小依は大きな声で礼を言った。錦織は痛そうに顔をしかめている。

「いたた。そやけど、初めての同行取材で新しい案件を発掘してくるなんて、たいしたもんや。皆月さんも紀行もんは初めてやって聞いてたから、お互い慣れてへんのがよかったんかな」

「私は緊張しっぱなしで、随分と皆月先生にフォローしてもらいました。先生のお名前をご存じの方が多くて、さすがでした」

「あの人と仕事できたんは、うちとしてはラッキーや。大手離れしてはる今の間に、信頼関係を築いておきたいわ。小依ちゃんと皆月先生は気が合いそうやから、うまいこと頼むわ」

「私なんかで大丈夫でしょうか？」

「出来上がったもんが結果や。書き手と編集担当で作ったらええ」

錦織は笑って後押ししてくれた。

皆月と気が合うかどうかは、まだわからない。歳もひと回りは違うだろうし、出版業界での経験も段違いだ。

浮かれていたが、今日の取材がうまくいったのは皆月のお陰だ。桔梗狐のことも自分の手柄のような言い方をしてしまったが、実際には彼の提案だ。

少し悶々《もんもん》としていると、佐々山が話しかけてきた。

「大庭さん、ご苦労さんやったね」

佐々山は皆月と同年代の四十代前半の男性だ。普段は企画から編集までこなす太秦出版の主力社員だが、食中毒以降は体調が万全ではなく、外回りを控えている。

「ほんまにごめんな。僕の用事を全部大庭さんに任せてしまって。どうやった？　皆月さんとはうまいことといったかな」

「はい。皆月先生、すごく優しい方でした。新しい取材先も先生がアドバイスしてくださったんです」

「そらよかった」

佐々山はホッとしているようだ。

「あの人、だいぶ変わってはるやろ。僕が太秦出版に来る前に何回か仕事したことあるんやけど、おっとりして、掴みどころのない人やねん」

掴みどころがないのは納得だ。変わっているとも思うが、自分の立場でそれを言うのは生意気だ。

小依は苦笑した。

「確かに、ちょっと浮世離れしてらっしゃるなと」

「そうそう。見た目も振る舞いも、すっかりそういうキャラが定着してしもて」

「えっ、あれってキャラなんですか？」

「皆月さん、デビューした時がまだ大学生やったから、最初に付いた編集さんが京風のはんなり男子っていうイメージで売り出したんや。それが当たって、いきなりの人気作家や。もちろん実力があってこそやけど、売り方も重要やしな。その編集さんとは長いこと二人三脚で活躍してはったよ。ほとんど独占状態やったんと違うかな」

「へえ、そうなんですか」

小依は若い頃の皆月を思い浮かべた。

はんなり京男子。文壇にデビューする和装の大学生は、さぞ華々しかっただろう。

「その担当さんが自分のレーベル立ち上げはったあとは、皆月さんも色んな出版社と付き合うようにならはったよ。年齢重ねても変わらずおっとりしてはるから、キャラというよりはあれが地なんかもしれへん」

「冷たい物を食べすぎて、おなかを壊されてましたが……」

「うん。そういう人や」

佐々山の笑顔は温かく、皆月に好感を持っているのがわかる。

「皆月さんはずっと文芸一本の人やったから、今回みたいな旅行記はどうかなと思ったけど、すんなり引き受けてくれはったわ。一緒に仕事すんの久しぶりで、僕も楽しみにしてたんやけどな」

佐々山は以前、別の出版社で編集をしていた。同じ業界で転職する者は多く、会社によって扱う分野はまちまちだ。太秦出版は小説のような一般文芸書は扱っていない。

興味がある作家やライターに仕事を依頼したい場合、直接コンタクトするか、出版社経由で連絡をする。知り合いの佐々山だからこそ、皆月も請《う》けたのだろう。

そう思うと、小依は自分が横入りしたような気がしてきた。

「すみません。せっかくの佐々山さんの企画を、私が勝手に変えてしまって」

「いやいや。そんなんええねん。逆に助かったんや。仕事に穴開けて信頼失くすとこやったから、大庭さんにはほんま感謝してる。皆月さんもそろそろ復帰しようと思ってはったところやから頓挫《とんざ》せんでよかったわ。最後まで、お願いしますわ」

本来の担当者に直接そう言われて、小依も安堵した。心の隅で、佐々山がどう思っているのか気にしていたのだ。

「はい、頑張ります。でも皆月先生って何かあったんですか？　ネットの情報ですが、ずっと売れっ子だったのに急に書かなくなったって」

「あれ、知らんのか」

佐々山は一瞬逡巡《しゅんじゅん》するように目を伏せたが、すぐに頷いた。

「そやな。中途半端にどっかから聞くより、はっきり言うたほうがええな。実は何年か前に盗作云々《うんぬん》で揉めて」

「えっ、盗作！」

小依はギョッとした。驚きよりも、ショックだ。

「誤解せんといてや。盗作された側なんや」

「された側？」

「そう。奥さんの知り合いに、勝手に原稿を使われてしまったんや。まだ発刊前やったからそこまで騒動にはならへんかったけど、原稿が外に流出したもんやから、出版は差し止め。盗作した人とは示談《じだん》しはった。でもそいつが男やったから、妙な噂になってしもてな。奥さんとも揉めて、今はどうしてはるんか。そのあと文芸からは遠退いて、今は雑誌のコラムとか小さい仕事しかしてないはずやわ」

しばらく言葉が見つからなかった。小依の目に映った皆月は、悠然としていた。私生活でそんなトラブルに巻き込まれていたとは到底思えない。

「でも、盗作された側なら皆月先生が悪いわけじゃないのに」

被害者が世間から遠退くなんて、理不尽だ、悄然とする小依に、佐々山は苦笑いをしている。

「ずっと第一線で活躍してはった人やし、ちょっとした息抜きの期間でもあったんとちゃうかな。心配せんでも、皆月さんは一流作家や。根強いファンもいてるし、必ず復帰しはる。その時はうちでも本格的に書いてほしいな」

「そうですね……」

自分のデスクに戻り、溜まったメールを確認する。

だが心が落ち着かない。

皆月は今日も結婚指輪をしていた。風流な格好をしながら、ソフトクリームを三個食べて、試作のクッキーをこれでもかというくらい頬張っていた。彼が今どういう状況かはわからないが、もし奥さんとうまくいっていないのなら胸が痛い。

仕事を終えて家に帰ると、台所からいい匂いがしてきた。今日は勤めているレストランが休みのため、母の美智佳が先に帰っている。

「小依が言ってた豆乳の抹茶ラテ、作ってみたわよ」

「え？」

ギクリとした。今日は一日中、抹茶尽くしだったのだ。まさか家に帰ってまで抹茶が出てくるとは思わなかった。

正直、抹茶と聞いただけでちょっと胃もたれする。しかも食前のラテ。なかなか重いだろう。

それでもせっかく母が作ってくれたのだ。美味しくいただこう。

テーブルに出された皿を見て、小依は驚いた。出てきたのは豆乳抹茶ラテではない。鮮やかな薄緑のソースが平麺のパスタに絡んでいる。小さなエビとイカの切り身も入っている。

「シーフードのパスタ？」

「抹茶風味のソースヴァンブランと魚介をからめてみたの」

美智佳は自慢げに言った。母がこういう顔をする時は、出てくる料理に間違いはない。

見た目はほうれん草や枝豆のポタージュに近い。香りはほのかに抹茶だが、食べてみると白ワインと生クリームのソースが融和《ゆうわ》して、一風変わったコクがある。抹茶がエビとイカの臭みを消し、まろやかな味に仕上がっていた。

「どう？　いける？」

「いける。最高」

レストランのメニューに出せる、という意味だ。小依は昔から美智佳の試食係だ。

「でも、パスタをフレンチに出せるの？」

「パスタそのものは本場のフランス料理にないけど、前菜の一品として出すのは面白いでしょう。日本人はパスタ大好きだもの。しかも抹茶。日本とイタリアとフランスの、いいとこ取りよ」

「ママ、最高」

小依は食べながら今日の取材の話をした。宇治の平等院表参道で色々食べ回ったこと。同行したライターが風変わりなこと。

最後に偶然辿り着いた茶舗のことを話すと、美智佳は桔梗園を知っていた。

「桔梗園茶舗でしょう。随分前だけど、そこのお茶会に参加したことがあったわ」

「そうなんだ。ねえ、どんなお茶会だった？」

「どんなって……すごく緊張して、内容は覚えてないわね。ママが京都に住んでた頃は、たまにお茶の先生に付いて、あちこちへお呼ばれしてたのよ。ああ、そうだわ。思い出した。桔梗園のお茶っていえば、ママのお茶の先生がこんなこと言ってたわ。あそこのお抹茶は毒だってね」

美智佳がサラリと言ったので、小依は噴き出しそうになった。

「毒？　何それ、どういう意味？」

「ほんとの毒じゃないわよ。お財布に優しくないっていう意味。高級なのに、美味しすぎて癖になるから」

「ああ、びっくりした。そういうことか」

今日は何かと驚かされる。むせた小依を見て、美智佳は笑っている。

「まあ、たぶんちょっとした厭《いや》みなんでしょうね。京都の人は含みのある物言いをするから」

「似たようなことをライターの人も言ってたよ。寓話だけど、やっかみが含まれてるって」

「商売繁盛の裏には、色々あるんでしょうね。昔、お茶会で桔梗園のお濃茶をいただいたけど、特に印象には残ってないわ。普通よ。普通に美味しいお茶。老舗茶舗のお抹茶は、どこのも美味しいわよ。お茶会に呼んでもらえてよかったわね」

「うん」

小依はまたパスタを食べ出した。秋穂のことを思い出す。

――年ごとに舌に染みつくような味です。ほんまはもう飲まんほうがええんかなって、そう思うんやけど……。

まるで、依存症だ。そう思うと少し怖かった。

# ◆五の葉

翌日、小依と皆月は清水界隈を訪れた。

清水寺の周辺は常に観光客で溢れている。抹茶スイーツもいっぱいで、今から行く二軒目の取材先、『本元東山八ッ橋《ほんげんひがしやまやつはし》』は人気の店だ。

八ッ橋は米粉にニッキを混ぜた薄焼きの和菓子で、生地を焼かずに餡を包んだ生八ッ橋は京都土産の定番だ。餡のバリエーションが豊富で、ミニパックが売られている。店先では修学旅行の学生がレモン餡やチョコミント餡など、なかなか攻めた味を選択している。京都で八ッ橋を扱う店は多数なので、歴史か人気か伝統か、どこにするか迷った。今回の取材対象は抹茶だ。

決め手になった抹茶パフェを見た皆月は、破顔《はがん》した。

「こら、すごい。豪華やな」

『本元東山八ッ橋』のパフェは、和洋折衷《わようせっちゅう》を超えたあらゆる菓子が盛られていた。アーモンドミルクをベースにした抹茶のブランマンジェに、三色の白玉、抹茶アイスには抹茶のマカロンが添えられている。見た目が可愛らしく、和やかな色合いだ。

　店側は小依にもパフェを用意してくれた。薄く長い瓦のような八ッ橋が刺さっている。緑がかった茶色。それを指で引き抜き、歯先でパリンと割ると、これも抹茶風味だ。

　美味しいよりも先に、楽しいが込み上げてくる。

「パフェって、なんていうか……打ち上げ花火のような感じがしません？」

「打ち上げ花火？　これまた、発想が飛ぶなあ」

　皆月は八ッ橋でアイスクリームをすくって一緒に食べている。美味しそうな食べ方だと、小依は真似をした。

「八ッ橋のシナモンがアイスに合う……。抹茶に限らず、スイーツの中でもパフェってダントツの人気です。でも味だけでいえば、そこまで大差ないと思いませんか？」

「君、京豆狸の時も文句言うて揉めたんやろ。知らんで。お店の人に怒られても」

「文句じゃありません。だって、使う食材にはあまり差がないんですよ。生クリームにアイス。フレークにフルーツ」

「全部美味しいやつやん。かなん、かなん。怒られる前にはよ食べよ」

「甘い物、得意じゃないのでは？」

「だから急いで食べるんや。君、苦手なもんから食べるほう？　僕は好きなもんから食べるほうや」

皆月は身を屈めて、素早くスプーンを口に運んでいる。食べる早さに躊躇はなく、舐めるスプーンまでもが美味しそうだ。

苦手も好きも関係ない。ただ、彼の中では得意ではないらしい。

「パフェが打ち上げ花火っていうのは、感動のことです。綺麗なパフェを見た時の、おおっていう感じ。何度見ても、おおってなりませんか。それが打ち上げ花火を見た時の感動に似ているんです。何回見ても、すごいっていう気持ちになるから。先生、さっき行った『ぎをん大藪《おおやぶ》』のわらび餅パフェが出てきた時も、声を出されてたの、気付いてました?」

「……僕、なんて言うた?」

「大きな声で、おおって」

円錐型《えんすいがた》のグラスには、黄な粉をまぶしたわらび餅がいっぱい詰まっていた。そしてその上に、蓋をするように抹茶アイスが丸く盛られていた。

抹茶のアイスに、食べ応えのあるウェハースのコーンを模した見た目だ。トッピングにカラフルなチョコレートの粒まで振りかけてあり、二人して感嘆の息を呑んだ。

「そんなん言うたっけな。覚えてないなあ」

「言いました。スイーツって美味しさも大事ですけど、食べる前の感動も重要だと思うんです。だからこそ見た目とアイデア勝負なんですよね。斬新《ざんしん》さ、新鮮さ、そして美しさ。人気のお店のパフェは、どれもとても綺麗」

「芸術性があるんは大事やな。人は目でも、味を楽しむし」

皆月のグラスはもうほとんどカラだ。底のクリームをなんとか掻き出そうと、懸命になっている。

今日訪れた二つの店で聞いた小噺は、昨日よりも知識が濃く、面白くはあったが謎めいた感じはなかった。甘味はどちらも素晴らしく、昨日に引き続き、食べる前にカメラマンの後藤が写真に収めてくれた。

「後藤さん、ほんまに食べんでええんですか？」

さっきの『ぎをん大藪』でも『本元東山八ッ橋』でも、後藤は食事を断った。皆月が勧めても、苦笑いして首を横に振る。

「昨日ので充分です。僕、どっちかっていうと甘い物は苦手なほうで」

「そんなん、僕かてそうですよ」

皆月の否定も、この二日で何度目だろう。もう後藤も真に受けていない。悪気なさそうに笑った。

「いやいや、皆月先生、全部ペロリと平らげるじゃないですか。すごいですね。女性顔負けですよ」

「あら、駄目ですよ。後藤さん」

小依は二人の間に割って入った。

「食の好みに、女性とか男性とか関係ないんですよ。男の人が一人でパフェを食べてもいいし、女子が一人居酒屋してもオーケーな時代なんですから」

「女の子が一人居酒屋？　なんか勿体ないな」

「勿体なくないんです。いいんです」

そう言うと、店を出る。次に行くのは相明寺だ。本物の宗旦が作った茶室について、見学を申し込んである。地下鉄で今出川《いまでがわ》へ向かう途中、皆月がコソリと聞いてきた。

「もしかしてさっきの、僕に気を遣ってくれたんやろか」

「違いますよ。ほんとに今どき男子はスイーツ好きが多いんです。男性が一人でケーキを食べたって、なんにも抵抗ありません。そもそもお濃茶に出てくる主菓子《おもがし》も、だいたいは餡子を使ってるんですよ。お茶を美味しくいただくには、甘味は欠かせない物なんです。桔梗園のお茶会のために少しは予習しておこうと、昨日、調べました。お茶席では濃茶の前に羊羹や練《ね》り切《き》りなどの生菓子が振る舞われるんです」

「ふうん、羊羹に練り切りか。どっちか選べるんかな。それとも、どっちとも出てくるんかな」

「主菓子は一個だけです。甘い物が苦手な先生でも、和菓子はそんなに甘くないから大丈夫ですよ」

「苦手とちゃう。得意じゃないだけや」

皆月は気恥ずかしそうにそっぽを向いている。

道中で年齢を聞くと、皆月は三十九歳だと言った。和装のせいで少し上に見えるし、デビュー当時のキャラからすると、甘党のイメージは避けたいのかもしれない。

だが、男性は甘い物が好きじゃないという固定観念は前時代的だ。

今回の取材を通して、皆月がその古い考えを少しでも覆《くつがえ》してくれれば嬉しい。それこそ、彼に依頼した意味がある。

小依と皆月、後藤の三人は上京区にある禅寺、相明寺を訪れた。観光スポットから少し外れているので人は少なかった。

庭園を進み、本堂を越えると、小さな建屋があった。外見は一服茶屋のようだ。取材の内見予約をしていたので、係員の女性が付き添ってくれる。

「こちらがお問い合わせの茶室です」

四畳半の小さな茶室だ。茶を点じる亭主と、もてなしを受ける客は二人といったところか。もっと風情があると期待していた小依は、肩透《かたす》かしを食らった。特徴のない茶室は質素で暗い。

床の間には薄ぼけた掛け軸が飾ってある。後藤は茶室と床の間の写真を何枚か撮ると、周辺を撮るために出ていった。

小依はまじまじと掛け軸を見た。衣を着た狐が薄墨で描いてある。

「不思議な掛け軸……。これが、宗旦狐ですか？」

「ええ、そうです」

係員の女性が説明をしてくれた。

「この茶室が出来上がった時、お披露目《ひろめ》が行われたんです。そのお茶会で白狐は千宗旦に化けて、お点前を振るったといわれてます。でも本物の宗旦が現れたんで、狐は慌てて下《した》地窓《じまど》という窓を破って逃げ出したそうです」

「へえ。これかな」

皆月は物珍しそうに小窓を眺めている。竹で枠と網を組み、障子を張った明り取り用の小窓だ。

係員は説明を続けた。

「宗旦狐は豆腐屋からもらったネズミの天ぷらを食べたせいで神通力を失い、元の狐の姿に戻ってしまったところを犬に追われて、井戸に落ちて死んでしまったそうです。猟師に撃たれたという説もありますが」

「桔梗園の若旦那さんになったという説も、あるんですよね」

小依が言うと、係員は笑った。

「ああ、その話、ご隠居《いんきょ》のトキさんがされてたんでしょう。一般に伝えられている相明寺の宗旦狐とは随分違うんですよね。どこでそうなったのかわからないんですけど」

「でも、花村家の家紋は宗旦狐にちなんで、桔梗狐っていう変わった紋でした。何かしら所縁があるお話かも」

するとと係員は少し苦笑いをした。

「実はね、その桔梗狐っていうのは、花村家のお家騒動を誤魔化すためにでっち上げられたって噂があるんですよ」

「でっち上げ？」

小依と皆月は顔を見合わせた。

「大昔の話ですよ。それこそ千宗旦がいたかいないかの、大昔の話。その花村茶舗の若夫婦ですけど、何年経っても子供に恵まれなかったそうです。親戚縁者はそれを婿養子だった若旦那さんのせいだと言って、花村家から追い出そうとしたんです。けど、そうはさせまいとした若旦那さんが、自分とそっくりな実の弟を若奥さんの桔梗さんの元へ通わせたんですよ。跡継《あとつ》ぎさえできれば、自分の立場は安泰だっていうんでね。そして無事、若奥さんは男の子を産んで、花村茶舗はお家断絶にならずに済んだそうです」

「はあ……。これもまた、お昼のドラマみたいな展開ですね」

「なるほどな。宗旦に化けて茶会に出てた狐と、旦那の入れ替え話を混ぜたんが、桔梗狐ってわけやな」

「じゃあ、そもそも宗旦狐の寓話は、花村家が作ったんですか？」

「言い伝えとしてこのお寺で残ってるくらいやから、出どころは花村家と違うやろ。宗旦狐の寓話があって、そこにお家騒動の脚本を乗っけたのか、それか単に若奥さんが跡継ぎを産んだ時期が、この茶室の完成と近かったのかもしれへんな」

桔梗狐の逸話が急に昼ドラ仕様になって、小依は少しがっかりした。狐の子孫というのを信じていたわけではないが、そっちのほうが幻想的で面白かった。

「実はこの話、まだ続きがあるんですよ」

係員はまた笑った。

「若旦那さんの実の弟と、若奥さんの桔梗さんが、ほんとの恋仲になっちゃったんです」

「おっ、今度の謎はわかったで」と、皆月が嬉しそうに言った。「恋仲になった若奥さんと弟が、若旦那を追い出してしもたんやろう」

「もっと怖い結末なんですよ。若奥さんと弟だけじゃなく、花村家の全員がグルになって、邪魔になった若旦那さんを殺しちゃったんですよ。お茶会のお濃茶に毒を盛ってね」

「ど、毒?」

小依は声を裏返した。

桔梗園のお茶は毒。

そんな冗談を母から聞いていたので、思わずたじろぐ。係員は小依の表情がおかしかったのか、クスクスと笑っている。

「そうして若旦那さんと弟は、花村家の中で完全に入れ替わったんです。でも、いくらそっくりの弟だって、周りから見たら不自然でしょう。それで、どうやらあの若旦那さんは宗旦狐が化けてるんじゃないかって噂になったというわけです」

「なるほど。もしかしたら噂は、花村家自身が吹聴《ふいちょう》したのかもしれへんな。すり替わりを隠すために、宗旦狐の寓話を利用したんかもしれへん。なかなかに面白い話やな。ちょっとしたミステリーや」

皆月は興味深そうに頷いていた。二人は茶室から出た。

外は晴天で、空気が清々しい。それなのに体に染みついた古い畳の匂いのせいで、気分は晴れない。

「なんだか、知れば知るほど軽快な小噺とはかけ離れていく感じがしますね」

「そうやな。花村のご隠居さんも、さっきの話は知ってたはずや。それやのに、若旦那はどこ行かはったんやろうな、なんて惚《とぼ》けてはった。まるで僕らをからかってるみたいや。もしかしたらあの広い庭のどっかに、本物の若旦那の死体が埋まってるのかもしれへんな」

「やだ、やめてくださいよ。私、怪談話って苦手なんですから」

小依が肩を縮めると、皆月は笑った。

「これは怪談とちゃうで。小噺ともちゃう。なんちゅうか……迷宮みたいやな。どの話もわざと答えが見つからへんように、グルグル迷わせてるみたいやから」

「迷宮？」

小依は目を瞬いた。突然、ぼんやりしていたものが明確になった。

そうだ。どの小噺も古い歴史や伝統に隠されて答えが見つからない。

「それ、いいですね。ぴったりです」

「そうやろ。京都お抹茶迷宮や」

皆月が得意げに口角を上げた。写真を撮り終わった後藤が戻ってきたので、三人は次の取材先へと移動した。

京都市街地の端、左京区一乗寺《いちじょうじ》にある『一乗中小路《いちじょうなかこうじ》』だ。普通の一軒家のような佇まいの、丁稚《でっち》羊羹で有名な和菓子屋だ。店頭のショウウィンドウには和菓子やケーキが並んでいる。

「こちらで取材させていただくのは『中小路羊羹の六種盛り』です。今回は特にネタ話はないということなので、商品の説明のみお願いしています。後藤さん、写真をお願いします」

後藤は背景に庭の緑が入るように、角度を変えながらシャッターを切る。

「なあ、なあ」

撮影中、皆月が店の張り紙を指さして言った。

「『抹茶おとうふティラミスのネット販売は九か月待ちです』やって。九か月やで。すごい人気商品やな」

「そうみたいですね。先生、写真が終わりましたよ。お席へどうぞ」

店内喫茶のテーブルに白い皿が運ばれてきた。大きな角皿の上には、ひと口大にカットされた羊羹が三種類と、羊羹のカヌレ、ラングドシャで挟んだ羊羹に、豆乳プリンが等間隔で載っている。

そして皿の端のほうには、昔ながらの竹皮で包んだ薄く平たい羊羹が二枚。これだけが急に過去から送られてきたようだ。

「六種やなくて、七種やん」

皆月がコソコソと言ったので、小依は「シッ」と諫《いさ》めた。運んできた店員は笑っている。

「この平べったいのが、うちの羊羹です。カフェでは若い人向けに色々と創作してますけど、元は丁稚羊羹屋です。他のと比べると味気なく見えるかもしれませんけど、ぜひ召し上がってみてください」

平たい羊羹の竹皮をはがすと、一枚はこげ茶色、一枚は深緑色だ。

「こっちは抹茶味なんですね」

丁稚羊羹は餡と米粉を練って、竹の皮に包んで蒸す和菓子だ。甘さがシンプルなので、竹の香りと抹茶の香りが引き立つ。

「盛り付けが洋菓子風なので、一見スイーツの元が羊羹だってことを忘れてしまいそうですけど、この竹皮の羊羹が添えてあることで一気に和風になりますね。ねえ、先生」

「そうやな。うまいわ。そやけど店頭でやったら、『抹茶おとうふティラミス』が食べられるんやって。なあ、ネット販売やと九か月待ちや。有名な『華桜園《かおうえん》』の抹茶を使用してるって書いてあるで。抹茶使ってるで。ええんか？　今ならここで食べられるんやで」

皆月はまた小依に耳打ちをした。だが声は大きく、店員に丸聞こえだ。店員は苦笑いをしている。

「確かに『抹茶おとうふティラミス』はうちの人気商品なんですけど、今はお待ちが長すぎるので、取材はお断りしてるんです」

小依もそれは下調べ済みだ。一番の人気商品を取り上げたかったが、店の許可が下りなければ仕方がない。

「先生。残念ですが諦めてください」

「そやけど、心に留めとくんはええんちゃうか。心というか、胃というか」

皆月は引かない。すると店員は優しげに言った。

「はい。お店で食べて心に留めていただく分には、全然かまいませんよ」

「ほら、ええ言うてくれたはるやん」

「もう……。わかりましたよ」と小依はため息をついた。店に頼んで、『抹茶おとうふティラミス』も運んできてもらう。二つのスイーツが並ぶと、テーブルが一気に豪華になる。

「君が言うところの、打ち上げ花火連発やな」

「またおなか痛くなっても知りませんからね」

抹茶おとうふティラミスは緑茶スポンジ、抹茶ムース、フロマージュを層にした、豆腐のような個性的な白いケーキだ。大ぶりの小豆、黒豆、うぐいす豆がトッピングされている。

「これは枯山水《かれさんすい》をイメージしてるんです」と店員が説明をする。

「枯山水って、なんでしょうか？」

「日本庭園です。石庭《せきてい》ってご存じですか？　白い砂利《じゃり》を生クリームで。苔と石はお豆さんで表現してるんです」

「ほんとだ。小さなお庭になってる」

「担当さんの分もご用意しますんで、召し上がってください。カメラマンさんもどうぞ」

だが後藤は苦笑いして首を横に振った。

「僕はコーヒー頼みますわ。お二人だけでどうぞ」

「それやったら、後藤さんの分も僕が」

「駄目です、先生」と、調子に乗る皆月を小依は軽く睨んだ。「食べすぎです」

店員は笑いながら、小依の分もケーキを運んでくれた。恐らくこの企画が終わる頃には、

一、二キロは体重が増えているだろう。
　いや、二キロでは済まないかもしれない。生クリームと抹茶ムースをすくって口に入れると、体重のことは無理やり忘れる。

「全部コクがあって、全部あっさりしてます。だからまとまってるんですね」

「またええこと言うな。昔、お茶が長生きの妙薬っていわれてた頃には、ケーキに使われるなんて考えもせえへんかったやろうな」

　皆月は羊羹とケーキを交互に食べている。店内は昔ながらの喫茶室で、長いソファが一列に伸び、対面する椅子席は隣接している。他にも客が多い。

「今まで行った店、どこも満員やな。そやけどどの店も、ケーキやパフェを頼んでいる人ばっかりで、薄茶を飲んでる人はほとんど見ないな。たまに飲んでる人いても、微妙に顔しかめてるし」

「先生、よく見てますね」

「薄茶も濃茶も、茶道をする機会がないと馴染みないしな。この先、抹茶そのものを飲む需要は下がっていく。でも需要のスタイルは変わっても、すたれることはない。こんなふうに菓子としては伸びてるし、健康ブームの後押しもある。うまく転換したと思うわ。方向性を変えて生き残るってのは、大変なはずや。歴史が古ければ古いほど、捨てなあかんしがらみや、葛藤《かっとう》があったはずや」

皆月の口調は軽い。だがそこに真面目な意図を感じた。もしかしたら、彼自身の話だろうか。

人気作家だったという皆月が最後に文芸書を出したのは数年前だ。方向を変えたからここに小依といるのか、それともここで立ち止まっているのかはわからない。でも彼は必ず復帰すると、佐々山が言っていた。知り合って間もないが、そう信じたい。盗作のことを聞いてみたいが躊躇する。あまりに踏み込みすぎだろうか。

ふと、テーブルに影が落ちた。

「小依?」

小依はギクリとした。顔を上げると、そこにいたのは大学の同級生、山本《やまもと》直大だった。

「な、直大君」

「やっぱりや。声が似てるなと思ってん」

直大は小依から皆月にチラリと目線を向けると、もう一度小依に目を戻した。

「久しぶり……ってほどでもないけど、元気にしてる?」

気を遣った優しい言い方だった。小依は動揺のあまり、茫然《ぼうぜん》とした。だが、直大の後ろに女性がいるのを見て我に返った。

「うん、元気よ。今、このお店で取材してる最中なの。こちらはライターさん」

小依は笑顔を作った。心臓がドキドキしている。手も震えてきた。

だが緊張とは違う。名刺をバラまいたり、喉を詰まらせたりはしない。これまで緊張した時は汗だくで顔が真っ赤になった。

今は冷たく、血圧が下がっていく感じだ。

「取材？　すごいやん。編集の仕事するようになったんやな」

「すごくないよ。先輩の代わりなんだ」

「そっか。でもよかった。小依が頑張ってて安心したよ。実は、落ち込んでたらどうしようってちょっと心配してたんや。元気そうでよかったわ」

「あはは……」

乾いた笑いしか出てこない。

直大は皆月に向かって会釈をすると、後ろの女性と一緒に席へ戻っていった。

小依は黙って俯き、手を握り締めていた。頭の中が混乱している。しばらくの沈黙のあと、皆月が静かに言った。

「余計な詮索《せんさく》やけど、ただの友達との会話ではないよな」

「……元彼です」

視界の端っこに直大と連れの女性が出ていくのが見えて、ようやく肩の力を抜くことができた。

こんな場面を想像しなかったわけではない。お互い京都で暮らしているのだ。ばったりどこかで出くわした時のために、脳内でシミュレーションしたこともある。だがそれも無意味だった。頭の中では平然と対応できていたのに、実際には何を喋ったか記憶にない。声が上擦《うわず》っていた気がして、情けない。

「まあ、元彼が女性連れてたら、ええ気はせえへんよな。しかもなんとなく上から目線やったし」

小依は顔を上げた。

「先生もそう思いました？」

「なんとなくな」

「なんとなく、そうですよね」

卑屈になっていたせいかと思ったが、皆月も同じ印象だとわかり、ホッとした。直大は気遣うように喋っていたが、こっちが仕事中とわかったあとも、意味深なことを言った。皆月が二人の関係に気付くのも当然だ。

一瞬、何もかもぶちまけたい気持ちになる。だが、すぐにそれはしぼんでいった。自分のプライベートを持ち込みすぎだ。

「平気です。お仕事関係ではありますが、私だって男性と一緒だったので」

言ったあとで思い付いた。和服姿の粋な男性と一緒だからこそ、直大の反応は過剰だったのかもしれない。しかも皆月はどう見てもかなり年上だ。意外だったのは向こうも同じ。

いいや、小依以上に直大のほうが動揺していたのかも。

そうならいいのにと思って、未練がましさに切なくなる。小依が振られた事実に変わりはない。

今日の取材はこれで完了だ。三人は店を出た。

「じゃあ、僕は自分の事務所に戻って写真のチェックします」

後藤は先に帰っていった。小依と皆月は叡山《えいざん》電車の一乗寺駅までゆっくり歩くことにした。皆月は満腹のせいか、足が遅い。

「だから言ったじゃないですか。羊羹セットにケーキは、食べすぎですよ。先生、甘い物好きで健啖家《けんたんか》なのに、どうしてそんなに細身なんですか？　太らない体質ですか？」

「ほんまにそうやったら、ええんやけどな」

「え？」

「いや、僕は甘いもんは好きちゃう。嫌いやないけど、好きちゃうし」

この会話も何度目かの繰り返しだ。大通りに向かう途中、古い木板の看板が目に入る。

「あれ？　あの看板、京豆狸って書いてある」

小依は店に近付いた。『おせんべい』とのれんが下がっている。

店先のガラスケースには、何種類もの煎餅が並んでいた。小さな煎餅、大きな煎餅。丸い煎餅、四角い煎餅。

店に人はいない。奥は調理場、二階は住居のようだ。

「やっぱり同じ京豆狸だ。秋穂さんと聡美さんのお店と同じ系列でしょうか」

「そうかもな。ああ、その硬そうな醤油煎餅、いただこ」

皆月が店の奥に声をかけると、濃紺の作務衣《さむえ》を着た男性が出てきた。煎餅職人にしては若く、面差しの優しい男性だ。

「いらっしゃいませ」

「醤油煎餅、一枚ください。ここで食べてもええですか？」

「どうぞ」

男性はガラスケースから醤油煎餅を一枚取り出すと、半紙に包んで皆月に渡した。皆月は早速その場でバリバリとかじり出す。小依は男性に尋ねた。

「あの、もしかしてこちらの京豆狸さん、嵐山にあるカフェと同じお店でしょうか？」

「ええ、そうですよ」男性が微笑んだ。

「やっぱりそうですか。秋穂さんと聡美さんのご実家ですね」

「お嬢さんたちを知ってはるんですか？　ええ、ここは二人のお父さんの店です。聡美さんは奥にいてはりますよ。呼びましょうか？」

「えっ！」と、小依は慌てた。聡美には誤解されたままだ。だが逃げる前に男性は店の奥へと姿を消した。

「うまい。甘いもん食ったあとの堅焼き煎餅は格別にうまいわ」

「先生、そんな硬いお煎餅食べて、歯が駄目になっても知りませんよ」

「僕はまだそんな年寄りとちゃうで。抹茶のお菓子はどれもやらかくて、ちょっと歯応《はごた》えがほしかってん」

「いややわ……。またですか」

うんざりした声に顔を向けると、作務衣を着た聡美がいた。声と同じく、顔もうんざりしている。

聡美は一緒に出てきた男性を顧《かえり》みた。

「総一郎《そういちろう》くん。この人ら、雑誌の記者さんやで。お姉ちゃんの豆狸パフェのこと、美味しくないって書くつもりやねん。裏にある網で挟み焼きにしたって」

「秋穂ちゃんの？」

総一郎と呼ばれた男性が怪訝そうにこっちを見た。小依は首を振った。

「違います。雑誌の記者ではありません。取材させてもらうのは桔梗園さんで、京豆狸さんの豆狸パフェのことを記事にする予定はありません」

すると聡美は気に障ったようだ。

「つまり、京豆狸は取り上げるほどじゃないってこと？」

「そ、そんなつもりでは……」

小依は口籠《くちご》もった。だが何かが引っかかった。

豆狸パフェは美しかった。スイーツにとって見た目の美しさは非常に重要だ。まずは純粋に目で称《たた》える。そしてその次に感じるものがある。

それは期待であったり、感動であったり、食欲であったり。

今まで何軒も人気の甘味処を回ってきたが、どこの店にも見た目を超える高揚感があった。心が躍る。だからいつの時代も人は、甘い物が好きなのだ。

だが京豆狸のパフェにはそれがない。何かが欠けている。なんだろうか。

聡美は不機嫌そうにジロジロと小依を見た。

「じゃあ、ここへは何しに来はったん？　もしかして煎餅の取材？　うちの店の煎餅は、この総一郎くんが裏で一枚一枚手焼きしたはるんやけど」

「あ、いいえ、ここへはたまたま別の取材先の帰りに通りかかっただけで……」

「なんや。そうなん」

聡美はプイとそっぽを向いた。怒っているというより、拗ねているようだ。

「そうカリカリすんなや、聡美ちゃん。今どき煎餅屋になんか、取材に来るわけないやろう」

煎餅職人の総一郎は苦笑いをした。

「それにぶっちゃけ、豆狸パフェかって評判ほどうまいわけちゃうし」

「なんやの、あんたまで」

聡美は怒って叩く真似をした。その時、バリバリと大きな音がして、皆月が煎餅を最後まで噛み砕いた。

「うまかったわ。若いのに、腕のいい職人さんやな。この店の旦那さん？」

「いえいえ、ちゃいます。僕は聡美ちゃんらの従兄弟《いとこ》なんです。秋穂ちゃんが洋菓子のほうにいってしもて、聡美ちゃんも真似してもうたんで、しゃあなしに僕が手伝ってるんですわ。店の奥で、ここのお父さんと細々と煎餅焼いてます。全然売れませんけどね」

「何よ。そんな言い方されたら、私とお姉ちゃんが我儘《わがまま》みたいやん。私ら、お父さんが好きにしてええ言うたから、パティシエになったんやで。ここのお店かて、ほったからしにしてへんやん。嵐山の店が忙しいのに、こうやって手伝いに来てるんやから」

「ああ、そやな。悪い悪い」

総一郎は聡美をなだめるように笑っている。

聡美は少しバツが悪そうに目を伏せると、小依と皆月に言った。

「正直に言います。確かに今の豆狸パフェは、そんなに評判がよくありません。もうひと工夫必要なのはわかってるんですけど、姉も色々とあって……。私もお菓子作りのプロです。でも、姉のほうがセンスはあるんです。これは絶対なんです」

聡美の熱意が伝わってくる。この人は本当にお姉さんを尊敬しているのだ。小依はそう思った。

「あの、私たち桔梗園のお屋敷で、秋穂さんが作った和三盆のクッキーをいただいたんです。すごく美味しかったです」

　すると聡美の表情が明るくなった。

「そうでしょう？　だから私、お菓子の創作は姉に任せて、経営の仕事をしてるんです。京豆狸だけじゃなくて、桔梗園でも色々やってます。卸先の紹介をしたり、どうやったら若い人にお茶を知ってもらえるか、お義兄《にい》さんと相談したり」

「お義兄さんいうたら、雅臣さんか」

　皆月がポツリと言ったが、聡美は聞き流したようだ。

「今度、東山にあるイベント会場で、京都のお抹茶を使ったスイーツの博覧会があるんです。京都にある色んなお店からデザートが出展されるんやけど、京豆狸からは姉が作った豆狸パフェを出す予定です。もちろん桔梗園の抹茶を使って」

「そんなイベントがあるんですか。先生、これはぜひ行かないと」

　小依は目を輝かせた。聞くと、『ひがしやまスイーツ博覧会』の開催日は花村家の献茶会の翌日だ。

　皆月はお土産用にと何枚か煎餅を購入した。

「たくさん買ってもろておおきに。今日中に食べられへんかった分は、冷蔵庫に入れといてください。湿気たら、ちょっとだけ電子レンジでチンしたらええですわ」

総一郎は穏やかに微笑んでいる。和装のせいだろうか。温和な雰囲気はどことなく皆月に似ている。

煎餅屋の京豆狸を出ると、小依と皆月は一乗寺駅に向かって歩き出した。皆月は新たな煎餅をかじっている。

「宗旦狐の小噺にたとえるなら、あの四人はどういう役どころかな」

「四人？」

「豆狸の美人姉妹と、老舗茶舗の若旦那に、煎餅屋の腕利き職人。フィクションなら、なかなか面白くなりそうなんやけど」

「先生。もしかして桔梗園を舞台に小説書かれるつもりですか」

「まさか。ただの妄想。職業病や」

皆月はわずかに口角を上げた。その目はどこか違うところを見ている。

「まず、あの秋穂さんっていう桔梗園の嫁。あの人は狸の役かな。人がよさそうやけど、実はちょっと小狡《こずる》い」

「秋穂さんが？　どうしてですか。いい人なのに」

「老舗茶舗に嫁にきたのに、家業を手伝わんと、家の中に専用の厨房を作らせて自分の店のことだけ考えてる。特別か幻か知らんけど、希少な抹茶にこだわりすぎて作るスイーツは中途半端。それに、妹の聡美さん。彼女も狸やな」

「そりゃ、聡美さんはちょっと気が強そうだけど……」

「ちゃうな。気が強いんじゃなくて、依存性が強くて、そのくせ目立ちたがり屋なんや。お姉さんの秋穂さんがパティシエになったら、自分も。お姉さんのほうが腕がええとわかると、今度はお姉さんの婚家で営業活動や。まあ、姉妹が協力して店盛り立てていくんはええけど、なんかあの二人には裏がありそうやな」

「先生、考えすぎです。ほんとに職業病ですよ」

「ただのフィクションやって」と皆月は笑っている。「あの若旦那さんはどうしよかな」

「雅臣さんも？　まだ続くんですか？」

「急にやる気になったのはなんでや？　トキさんも不思議がってた。ボーっと店番してたのに、急に業務拡大する気になったんは、何かきっかけがあったはずや。それはなんなのか。そんで、あの煎餅職人な」

「さっき会ったばかりの煎餅屋さんまで、登場させるんですか」

呆れを通り越して、感心する。

彼の頭の中では勝手に物語が始まっているらしい。

「誰が宗旦狐の役で、誰が桔梗さんか。若旦那さんとその弟は、どっちがいいモンで、どっちが悪モンか。どっちとも悪モンでも面白いかな」

「……先生。それ、本格的に書かれます？」

急にワクワクしてきた。今聞いた相関図だけでもすでに面白い。

これは絶対に逃してはならない。もし世に出るなら、絶対に太秦出版から出したい。

「書かれるなら、ぜひうちでお願いします。すぐにスケジュール確認しますので」

「あれ？　君のとこ、文芸やってへんやろ」

確かにそうだ。太秦出版で文芸書の扱いはない。それにもし原稿をもらえるとしても、小依にではない。元々担当だった佐々山か、編集長の錦織の仕事になるだろう。

わかっているのに、皆月の想像に気持ちが揺り動かされる。これってなんだろう。戸惑いよりも、心が躍る。

「それでも、ぜひともうちで」

「人の家のお家騒動やしな。だいぶ色んなことに忖度《そんたく》せなあかんから、簡単には無理やろな。でも書くなら舞台は京都やな。老舗の料亭か、和菓子屋さんか。君なら何がええ？」

「お茶屋さんなんかどうでしょうか？　美人姉妹の舞妓さんとか」

「ほお、ええやん。男衆はどんな役回りや？　煎餅屋は外せへんわ。さっきの職人さん、ええ味出してたし」

「舞台が京都なら、喫茶店とかは？　趣向を変えてパン屋さんでもいいかも」

「ええな。京都はどっちも多いもんな。それやったら……」

話が尽きない。

住宅街を走る二両編成の叡山電車が、二人を追い越していった。

## ◆六の葉

「宇治茶発祥の地、宇治田原町……」

小依は延々と続く宇治川を眺めながら、つぶやいた。先日訪れた平等院から奈良《なら》方面に街を出ると、車窓の景色はすぐに山と川だけになった。

「ペーパードライバーなら初めからそう言うてくれたらええのに。まさか、免許取ってから一回も乗ってへんとはね」

皆月は運転しながら言った。

彼は今日も着物だが、足元は草履ではない。車を運転するかもしれないと、気を利かせてスニーカーを持ってきてくれていた。小依は助手席で悄然とした。

「すみませんでした。もし疲れたら言ってください。代わりますんで」

「うん。でも発進して二秒でこすりかけたしな。今日はやめとこか」

「……はい」

二人が乗るレンタカーは、京都府南部にある綴喜郡《つづきぐん》宇治田原町へと向かっている。桔梗園の特約農家まで、取材に行くためだ。

市内でレンタカーを借りたはいいが、すでに手続きの時から小依の挙動はおかしかった。車に乗り込んでからは全身汗だくだ。エンジンボタンを押した時の肩のビクつき方は尋《じん》常《じょう》ではなく、皆月いわく、目が血走っていたという。そして発進して二秒で隣に駐車してある別のレンタカーにこすりかけた。

頭の中で散々トレーニングしてきても、効果はなかった。皆月が運転手を引き受けてくれたお陰で、取材中止にならずに済んだ。彼の運転はとてもスムーズだ。

「私、こんな京都の南まで来たの、初めてです。山が続きますね」

「僕も市内以外はほとんど行かへんよ。京都もにぎわってるのは中心地だけで、北と南はこんなもんや」

宇治市からひたすら一本道を行くのだが、間には山しかない。交通手段はバスか車のみだ。

やがて、少しずつ住宅が見えてきた。市街地に入ったのだ。

皆月はカーナビを覗きながら、ノロノロと車を進める。

「町中に、いくつかの農家が固まってる集団茶園ってのがあるらしい。トキさんちの茶園はそこを越えたもっと山奥や」

小依も辺りを見回した。町中が茶畑だらけなのかと思っていたが、そうではない。ほとんどが平地の住宅で、所々茶畑が見える。

「あっ！　先生、見てください。ほら、畑に黒いシートみたいなのが掛かってる。あれが寒冷紗ですね。きっとあの下にあるのが、抹茶の元になる碾茶ですよ」

小依は皆月の顔の前に指を伸ばした。車が一瞬ぶれる。

「こらこら、危ないな。見えてるって」

車は町役場を越え、山の深部へ上っていく。段々と家が減り、茶畑が増えてきた。

小依はスマホで近隣の情報を調べた。

「岩山《いわやま》にある『大川《おおかわ》集団茶園』と、湯屋谷《ゆやだに》にある『大富《おおとみ》集団茶園』の景観が素晴らしいって書いてありますよ。緑一面の丘陵を撮影したいなら、一番茶、二番茶の収穫が終わって、覆いが取られた七月以降が狙い目ですって。でも碾茶の生産を写真に収めるには今がちょうどいい時期ですね」

山のほうにレンズを向ける。斜面を切り開いた茶畑だ。スマホ画面に緑の縞《しま》と黒い横縞が映った。

緑と黒の横縞？

スマホを視界から外し、自分の目で見る。なだらかな坂を細かく刻むように、茶葉が並列していた。その列の一部分が黒いシートで覆われている。

「先生、見て！　茶畑が縞々模様です！」

「うん？　茶畑なんかさっきからずっと……」皆月が外の風景に目を向ける。車が大きくぶれた。「おお！　すごいな。茶畑にでっかい海苔巻があるぞ」

「海苔巻？　もう。もっと素敵な表現してくださいよ。新緑の縞模様とか。でも綺麗ですね。一面が緑の時期も壮観でしょうけど、黒い覆いの下にあるのがお抹茶だと知ってると、不思議」

海苔巻きならぬ、黒と緑の縞模様が続いている。今まで味わってきた抹茶の起源がここなのだと知ると、茶葉の成長を遡ってきたようで胸が熱くなる。

「こんなに大事にしてもらったら、美味しいはずだわ……」

車は集落を抜け、更に山奥の細い道を上っていく。ようやく桔梗園の特約農家、室町《むろまち》家に辿り着いた。古くて大きな農家だ。

「室町さんって、桔梗園の番頭さんの親戚だそうですね」

「らしいな。トキさんに聞いたけど、番頭の松尾さん、若い頃から桔梗園に奉公していて、お茶のことなら右に出るものはいないほどの茶師《ちゃし》なんやって」

「茶師って、なんですか？」

「幅広くは、お茶を扱う人って意味らしい。主に茶葉を選定して合組《ごうぐみ》……、調合する人や」

「へえ。なんだか香水の調香師みたいで、格好いいですね」

「お茶の業界では権威ある称号や。松尾さんはずっとトキさんの相談役で、一番信頼できる相手やって言うてはったわ」

「へえ、そうなんですか。あれ、こないだそんな話、してましたっけ？」

「ふふん、僕とトキさんはすでにSNS仲間や」

「スマホ、苦手なのでは？」

「苦手なもんから逃げへんのが僕の取り柄やな」

「ふふっ」と、自ら言う皆月に笑ってしまう。彼も笑っていた。

室町家に到着すると、桔梗園からの客ということで快く迎えてくれた。小依と皆月は農家の主人の話を聞きながら、室町茶園のなだらかな坂を登った。茶葉は五月の上旬から中旬にかけて、手で摘まれる。今年の茶摘みはもう少し先だという。

室町茶園の茶葉は『本ず《ほん》』と呼ばれる葦《よし》を編んだすだれと藁《わら》で畑を覆う伝統的な方法で栽培されていた。

「そら、手間ですよ。いちいち柱立ててよしずで覆うんですから。シートで全体を覆ったほうが楽やし、早い。でもこの本ずやと、茶葉の間にええ風が通るし、優しいお日さんが降り注いで、そら綺麗な緑色のやらかい葉っぱができるんです」

「葉っぱは、柔らかいほうがよいのですか？」

小依が尋ねると、農家の主人は深く頷いた。

「ええ。薄い葉っぱはタンニンいう渋みが少なくて、代わりにテアニンいううま味が多いんです。分厚い葉っぱは、美味しくありません」

本ずを近くで見ると、確かに透けていた。しゃがんでみると、中の青々とした茶の木から黄緑の美しい新芽が伸びている。

若い。そんな印象を受けた。

「彼らは、これからやな」

隣で皆月が言う。緑の葉の先から伸びた黄緑の小さな葉は、生まれて間もない。まだ陽の光に褪《あ》せていない淡い色だ。

「先生。私、なんだか感動してます」

「ほんまやな。僕もや。見てみ」

彼の視線を追って茶園を見下ろす。まばゆい緑と柔らかい黒が紬のように折り合う清々しい光景だった。これが見られただけでも、来てよかったと思う。茶園から出た二人は室町家の軒先で薄い琥珀色《こはくいろ》の煎茶を淹れてもらった。

お茶は、飲むところで飲めば数倍うまい。数日前、皆月が言っていたことだ。

今まさに実感する。延々と続く茶園を眺めながら飲む煎茶は、本当に美味しい。

小依は農家の主人に話を聞いた。

「この茶園の茶葉は、すべて桔梗園さんに卸しているんですか？」

「そうです。大昔から、つこてもろてます。桔梗園さんは昔から、どんなに手間暇がかかって原価が高くなっても、いっさい妥協《だきょう》はなし。正直だいぶ厳しいです」

「大変ですね。桔梗園のお茶はすべて高級品なんですね」

「まあそれもあるんですけど、花村家の人は昔から、お茶が好きなんですわ。自分とこで飲む用に、こっそり一番ええ碾茶を茶壺に隠してはるくらいですからね」

「あ、知ってます。お狐様に献上するお茶ですよね」

「そうそう。毒入りのあれや」

小依は吹き出した。皆月は面白そうに口元を上げている。

「また出てきたな。桔梗園の毒入り茶」

「ははは、ほんまに入ってるわけちゃいますよ。あんまり美味しいんで、癖になってしまういう意味です。うちの吉雄《よしお》いう親戚のもんが桔梗園さんで番頭さしてもろてるんですけど、言うてました。お狐さんの碾茶には、代々の番頭と、おかみさんしか触れへんそうです」

「へえ、まるで神聖な儀式みたいやな」

「まさにそうです。そやから、詰める時も挽く時も、ものすごい緊張するそうです。若い時はあのトキさんでさえ、壺の口切る時に手が震えてはったって。茶葉の出来具合を宇治田原へ確認しに来るのも、桔梗園さんの番頭の仕事です。うちの吉雄も毎年こっちに来てたんですけど、ちょっと前に体いわしてしもうてから、来んようになりました。あいつもそろそろ引退ですな。トキさんの次の代は、どうしはるんかなあ」

農家の主人は笑っていたが、どこか寂しげだった。

帰り際、お茶の関係先でよい場所があるか尋ねると、そうやなあ、農家の主人は言った。

「ここらには有名どころはなんもあらへんけど、お茶に関するところいうたら、茶宗庵《ちゃそうあん》神社かなあ」

「茶宗庵神社ですね」小依は検索してみた。「現在の緑茶につながる煎茶法を普及させた人を祀《まつ》った神社、ですって。お抹茶とは直接関係ないみたいですけど、どうします、先生？」

「ここまで来たんやから、ついでに寄っていくか」

二人は皆月の運転で茶宗庵神社へ向かった。地図で見ると、その向こうに道はない。かなりの山奥だ。対向車も先後続車も来ない道を進む。

「番頭の松尾さんって、まあまあのお歳でしたよね。トキさんと同じくらいでしょうか。会社員だったらもう退職している年齢ですよね」

小依は周りの緑を見ながら言った。

「トキさんも松尾さんも、八十歳前やろうな。トキさんには娘しかいなくて、その娘さんに婿養子をもらったんやけど、離婚してしもたらしい。で、跡を取るのはあの孫息子やねんけど、いつまで経っても頼りないから、トキさんと番頭の松尾さんで店を切り盛りしてたそうや」

「先生。かなりお家の事情に踏み込んでますね」

小依はわざと軽く言った。

先日の相関図にどんどん注釈が足されていく。だが文芸の話題を出せば、きっと抹茶特集からは大きく外れてしまう。遠方まで出張費を使って取材に来ているのだ。小依の今の仕事は紀行本だ。

皆月もそれをわかっているのか、小説のアイデアは求めてこなかった。

「一年くらい前に松尾さんが体調を崩してしまって、そこからは本格的に雅臣さんに店を任せたそうや。嫁共々、経営者の器じゃないけど、仕方ないって愚痴ってたわ。まあ、最初から器の大きな人間なんていないけどな。無理にでも詰め込んでたら、そのうち大きくなるもんやろ」

「伸びる器ならいいですけど、お茶壺みたいな陶器だとすれば割れちゃいますよ」

「それならすり替えるか？　大きな器に」

皆月がニヤリと笑う。小依は身震いをした。

茶宗庵神社には駐車場がないので、かなり手前で車を停め、そこからは徒歩だ。周りは山ばかりだが、ちゃんと舗装された道だ。進むにつれ民家が減っていく。二人は茶畑を横手に進んだ。

だが、行けども行けどもそれらしき社はない。歩いて十五分程度のはずだ。家屋も茶畑もなくなり、道は悪路になり、砂利から土へと変わる。せり出した木の根っこに足を取られそうになる。

気が付けば皆月は無言だ。小依は不安になり、スマホを見た。

――圏外。

「せ、先生。圏外です」

「知ってる。だいぶ前からや」

皆月の声は硬かった。小依は空を見上げた。薄暗い。

「なんだか、急に暗くなってきましたね」

すると皆月が足を止めて小依を見た。顔が引きつっている。

「……戻ろか」

「そ、そうですね、そうしましょう」

二人は踵《きびす》を返すと、早足で来た道を戻った。だがどんなに歩いても駐車場へ辿り着くどころか、足元がアスファルトにならない。空は益々暗くなっていく。周りには深い緑しかない。

「なあ、僕ら、迷ってへんよな？」と、皆月が探るように聞いてくる。

「ま、まさか。だっていくら山地だとはいえ、京都で遭難するはずないですよ」

小依は無理やり笑った。

だが三十分経つと、どちらも誤魔化せなくなった。藪の中で皆月が天を仰ぐ。

「あかん。完全に遭難してる」

「ど、どうしましょう。今来た道を戻って……」

「行って、戻って、また行って？　一番駄目なパターンや。ウロウロしたら余計に迷う。こういう時はじっと待って」

「じっと待って？」

「じっと待っても、誰も助けてくれへんやろうな」

「そんな」

小依は愕然《がくぜん》とした。本当に京都府内で遭難してしまった。持っているのは、ペットボトルの水と飴くらいだ。

「困ったなあ。ウロウロしたほうがええんかな。なんか目印になるもん、撒いていこか。大庭さん、ヘンゼルとグレーテルみたいにパン持ってへん？」

「持ってたら、撒くよりも食べましょうよ」

「おなか減ったなあ……」

こうしている間にも、どんどん日は暮れていく。この場から動かないほうがいいのか、それとも夜露を凌《しの》げる場所を探せばいいのか。真っ暗になる前に何かしら行動をしなくてはならない。

小依は天を仰いだ。うっすらの星。そして生い茂る木々の隙間に、建物らしきものが見えた。

「あっ！　家です！　先生、家があります！　明りもついてる！」

「どれや！　どこや！」

二人は必死になって傾斜を駆け登った。舗装された道が現れ、一軒だけ人家があった。ちょうど玄関から、日よけ付きの作業帽子を被った初老の女性が出てきた。

「助けてください！」

二人は同時に叫んだ。必死の形相で駆け寄る二人を見て、女性はきょとんとしていた。

「うん、錦織編集長には連絡した。暗くなってから山道を運転するのは危ないから、明日ゆっくり帰ってくればいいって。え？　一緒のライターさん？　えっとね……、今日同行してるのは、ユカータ・ミナトゥキっていう女の人だよ」

同行者だけを微妙に誤魔化して、小依は母への電話を切った。

「携帯が繋がるのって、幸せなことなんだなあ」

しみじみとスマホの画面を眺める。

藪の中で見つけた家に住んでいたのは、一人で茶業を営んでいる七十歳くらいの女性だった。どうやら小依と皆月は、車を停めた場所とはまったく違う方向をさまよっていたらしい。本当に遭難しかけていたとわかり、ゾッとする。

藪から出ると電波は繋がるようになったし、自分たちがいる位置もわかった。それでも暗くなった道をまた歩くのは怖くて、泊まっていっていいと言われた時には心底安堵した。

おまけに女性は夕飯まで作ってくれた。白米にみそ汁、そして玉ねぎと人参のかき揚げだ。

「有り合わせのもんばっかりやけど、どうぞ」

ニコニコと観音様のような笑みで、揚げたての天ぷらを出してくれる。感激して涙が出そうだ。

「おばちゃん、これなんや？　ヨモギ？」

皆月が箸でつかんだのは、衣のついた小さな葉っぱだ。小依はシソの葉だと思っていた。

「それはお茶の葉や。新茶の天ぷらって食べたことないやろ」

「お茶？」二人の声が揃う。

「一芯《いっしん》二葉《によう》ゆうて、お茶の木の枝の一番先っぽにある新芽と、その下の一枚目、二枚目の生まれたてのやらかい葉っぱのことや。生まれたばっかりでお日さんを浴びてないから、苦味があらへん。その下の三枚目になるともうちょっと大きく成長してる。ほら、そのおっきいのが三枚目や。食べ比べたら、味がちゃうよ」

まさにさっき茶畑で感動させてくれた若者たちだ。

言われるままに、まず一番小さな葉に少しだけ塩をつけて食べる。柔らかく、ほんの少し苦味とお茶の香りがする。

そして、二番目、三番目と食べると、苦味と歯ごたえにはっきりとした差を感じた。

「すごい。直接食べるから、違いがよくわかります。柔らかいのに、肉厚で美味しい」

「天ぷらで食べられるんは一芯三葉までやね。そこからどんどん苦味が増してくるし、硬くて口に残るからね。玉露も、一芯二葉のちょっとしか取れへん部分で作るんよ。四とか五葉になると、量産のやつやね」

「お茶の葉っぱにも順番があるんですね。全部分けて摘まないといけないから、収穫は大変だ……」

今食べたサクサクした新芽の天ぷら。三葉までの特別な料理。

そして、一枚目、二枚目だけを使う玉露。

「だからお茶はいまだに手摘みなんですね」

小依がしみじみ言うと、女性は笑顔で頷いた。

「機械摘みもあるけど、やっぱりやらかい一芯二葉は手で摘んだほうが、下の苦い部分が混ざらへん。ええお茶は繊細やから、そのちょっとが大事やねん」

繊細で丁寧で、贅沢。

宇治田原への出張は予定外に泊まりになってしまったが、また一つ、お茶の美味しいネタができた。


小依は今、小さな和室に敷かれた布団の上に座っている。

布団は二組並んでいる。

泊めてもらえるだけでありがたいのだから、部屋を分けてとは言えない。それでもやはり布団を引っ張り、部屋の端と端に寄せる。距離ができると少し安心した。

スマホが鳴った。陽菜からだ。

「もしもし。陽菜、どうしたの?」

「どうもしないんだけどさ、ちょっと話せるかなと思って」

友達の声を聞いて、小依はホッとした。

「今ね、出張中なの。宇治田原までお茶の取材に来てるんだ」

「そうなんだ」と、陽菜の声が少し小さくなった。「編集の仕事、うまくいってるんだね」

「うまくは……いってないかも。軽く遭難しかけたんだから」

「遭難?」

「そうなん」

「え、何？　冗談？　ダジャレ？」

障子が開いて、皆月が入ってきた。この家の息子が若い時に着ていたというパジャマを借りている。着物姿しか見たことがないので、妙な感じだ。

「お先。君もお風呂もらったら？　広いええお風呂やで」

皆月の声に小依は慌ててスマホを押さえた。だが陽菜に聞こえてしまったようだ。

「小依、もしかして男の人と一緒？」

「えっ、いや、その……」

しどろもどろになっていると、陽菜は小さく何かつぶやいて、電話を切ってしまった。

小依は皆月を睨んだ。

「もう！　先生が変なこと言うから、友達に誤解されちゃったじゃないですか」

「今の話のどこが変やねん」

皆月は気だるそうにゴロリと布団に寝転ぶと、自分もスマホをさわりだす。小依は陽菜に連絡した。だが返事はない。

「なんで返信ないんだろう」

不思議に思いながらも、そのうち返ってくるだろうと自分も風呂に入ることにした。借り物のパジャマに着替えて部屋に戻ると、皆月は布団にもぐっていた。

「もう寝よう。僕、クタクタや」

「そうですね」

彼の自然な振る舞いに感謝する。変な人だが、紳士的だ。信頼できる。

電気を消した。疲れているのに、布団に入ってもなかなか眠れない。怖いくらいに虫の声が聞こえる。

不思議なもので、虫の声は騒がしく感じない。むしろ静寂だ。そんな感覚があることを知らなかった。

「先生、寝ました？」

「寝てる。もう寝る」

「なんだか寝付けないんで、何か話してください」

「寝てる言うてんのに」と、皆月の声は笑っている。「何か言うてもな……。そうやな、イレギュラーな仕事も、だいぶ慣れてきたやろ。今、何枚目くらいや」

「何枚目？」

「お茶にたとえたら、一芯二葉の何枚目や。一番先の新芽は特別やからおいといて、その下の一枚目、二枚目。三、四、五。今の位置はどのあたりか、自分でわかるかな」

「今の私の位置は……」

答えられない。数えることすらできない。

「一緒にお仕事してもらう先生にこんなこと言うのは、本当に失礼なんですけど」

「ええよ。寝言やと思って聞くから」

「たぶん、まだ葉っぱになっていない気がします。そもそも出版の仕事に、葉が何枚付いていて、それぞれがどんな業務なのか、気にしたこともありませんでした。ただ毎日与えられた仕事をこなすだけ。それが当たり前だと思って働いていました。けど、今思うと、働くことに深い意義を求めていたわけじゃなかったんです。就職の先には……きっと結婚が待ってるって漠然《ばくぜん》と思っていました。でも、相手がいなくなっちゃいました」

「こないだの、ちょい上からの元彼か」

「はい」思い出して、小さく笑う。「振られたんです」

「あらら」

「三か月前です」

「結構最近やん」

ここまで話すと、もう情けなさや恥ずかしさもない。目が慣れてきて、天井の木目が見える。それしか見えない。

「彼とは大学の時から、五年も付き合っていたんです。五年も。それなのに、突然向こうから別れたいって言ってきたんです。理由を聞いても、何もないって言うんです。何もないけど、ただ別れたくなったって。私、悪いとこがあったら直すし、別に先の約束なんかしなくていい。とにかく理由を教えてって言ったけど、彼は悪いところなんかない、何もないってそればかりで……。それでよくわからないままに別れたんですけど……」

「けど？」

「別れた一週間後に彼のSNSを見たら、もう新しい彼女と一緒の写真が出ていて。一週間ですよ？　五年も付き合ってた私と別れた一週間後に、新しい彼女って……そんなの変ですよね？　それってつまり……二股してたってことですよね」

しばらく無言が続いた。虫の鳴き声だけが聞こえる。

もしかしたら寝てしまったのだろうか。そう思った時、皆月がポツリと言った。

「それがはっきりしたとしても、今さら、意味ないやろ。どっちかいうたら、腹立つ気持ちが増すんとちゃうか」

きっとそうだろう。

もし直大が二股を認めたとしても、このモヤモヤは晴れない。理由がなんであれ、納得できるとは思えない。新しい彼女のことや、いつから二股していたのかを聞いても、傷付くばかりだ。

「それでも、他に好きな子ができたなら、正直にそう言ってほしかった。せめてもう少し別れ方が綺麗なら、こんなに引きずらなくてすんだかもしれないのに。どうして彼は、何も言ってくれなかったんでしょうか」

「……これは僕の想像やけど、たぶん、自分が悪者になりたくなかったんとちゃうかな。

大学の時からの付き合いなら、共通の友達も多いやろう。周りに、自分が不実な男やって思われたくなかったのかもな。でも男はアホやさかいな。深く考えずに写真載せたりして、君にも周りにも配慮ができひんかったんやろう。きっと、ほんまに君に悪いところはあらへんのや。一乗寺の店で、ああして気にかけるくらいや。どうでもよかったら、僕のことチラチラ見たりしいひんよ」

「チラチラ見てたんですか？」

「見てたよ、めっちゃ。誰やこのオッサンみたいな目で」

　本当だろうか。皆月の優しさかもしれない。

　それでもふと、心が軽くなり、口元がほころぶ。

「ありがとうございます。先生が一緒だったお陰で、みじめな気持ちにならずにすみました」

「とにかく、何年付き合おうと、あの彼氏とはいずれはあかんくなったよ。タイミングが合わへんかったってことや」

「私、彼氏と別れたこと、まだ親に言えてないんです。よく家にも来ていたから、なんて言えばいいかわからなくて」

「別れたとだけ言うたらええやん。親は根掘り葉掘り聞いたりせえへん。意外と、あ、そうって感じで終わるよ」

「そうでしょうか？」

「そうや。聞きたがるのは、無関係な他人だけや」

皆月はきっぱりと言う。小依はしばらくぼんやりとしていた。

「そう言われると、なんだか本当にそんな気がしてきました」

「物は考えようや。これまで道は一つしかないと思てたけど、別の道を見つけた。君は今、そっちに進もうとしてる。君にとっては最初、葉っぱですらなかった太秦出版の仕事も、もう五とか六葉にはなってるんとちゃうか。いや、四葉に近付いてるかもしれへん。頑張って、三葉になれたらたいしたもんや。三やと、天ぷらにできるからな。食べれるんやで」

「今はまだ、硬くて無理なんですね」

「君が編集の仕事にもっと本気で関わりたいと思ったら、そこからが四葉かもな。三葉や二葉は、もっとバリバリや。一葉は、たぶんなれる人のほうが少ないんとちゃうかな。特別や」

一葉は特別。特別に柔らかくて、貴重な葉っぱ。

皆月は何枚目だろう。聞きたい気もするが、年長の人には不躾だ。

「じゃあ私が四葉を超えて三葉になったら、先生の原稿をいただけるんでしょうか？」

「そうや。僕がまた小説を書き出したら、君自身が隣で張り付いて見張るくらいの熱意を見せてほしいわ。そういう熱意に、作家は弱いよ」

「先生がまた……」

心が動いた。皆月の話に揺さぶられる。

「先生はまた、書かれるんですか？」

「はは。なんか色々聞いてるんやろ。でも噂なんていうのは、人が人に話すたびに面白おかしく尾ビレがついて、最終的にはまったく違うもんになってるで。宗旦狐の寓話と一緒や。君が聞いたんは、盗作云々ってやつやろ」

「は、はい」

「盗作なんて大げさや。僕の奥さんが、娘の幼稚園のママ友にせがまれて原稿を見せたんや。それをこっそり写メに撮られてネットに載せられた。相手も深く考えてなかったらしいわ。騒ぎになったんですぐに削除したけど、一度出たらもう取り返しがつかへんからな」

小依は驚いた。相手が男性ではなく女性だったこと。そして皆月に子供がいたことにもびっくりした。

「先生の奥さんは……どうして原稿を人に？」

「たいして考えがあったわけちゃう。幼稚園の保護者の中で少し浮いてたから、仲のいいママ友を作るきっかけがほしかったらしい。……そういうのも、あとから聞いたんやけどな。結局は、普段どんだけ喋ってへんかったかや」

皆月の声は自嘲《じちょう》している。

「当事者から聞いてみれば大した話とちゃうやろ？　噂なんてそんなもんや。ただ、出版社には迷惑かけた。もう印刷の手前まで進んでたのに、流れてしもたからな。でも干されてるわけやないし、書けなくなったわけでもない。ずっと休みなしにやってきたから、ちょっと休憩や。その間に生き残るための方向性を考えてる。こんなふうに、紀行エッセイのために遠くまで取材したりしてな」

「お抹茶と一緒ですね」

「そういうことや」

今度の笑いは明るい。小依も微笑んだ。悔しかった思いを吐露《とろ》したせいだろうか。気持ちが楽になった。

誰にだって、表に見えないだけで色んなことがある。いやなことやつらいことも、抱えているのだろう。

「そういえば先生。やたらと甘い物は得意じゃないってアピールされますけど、あれってどうしてですか？」

何気ない質問だ。だが答えが返ってこない。

耳を澄ませると、虫の声に交じって深い寝息が聞こえてきた。小依も、眠りに引き込まれた。

# ◆七の葉

お茶会に招かれたと言うと、母は折角だから着物を着ていけばと強く勧めた。だがやめておいた。作法も正座も危ういのに、張り切った格好をする気にはなれない。それにこれは取材も込みだ。花村家の献茶会の日、小依は膝が隠れる地味なスーツにした。

ただ残念なことに、写真はNGだった。今日は小依と皆月の二人だけだ。皆月はシックな茶色がかった緑の着物に、下は袴《はかま》だ。

「先生、今日は袴なんですね」

「せっかくのお茶会やし、気合入れてきた。どうや？　なかなか渋い色目やろ」

「はい。すごく決まってます」

「でも、作法はあやふやや。こういうのは雰囲気や。その場の雰囲気を味わったらええねん。気楽にいこ」

「はい」

そう言ってもらえて、安心する。自分なりに客側の流れは確認してきた。だが花村家のお狐様のお茶会は、小依が勉強してきたものとは違っていた。

　意外にも表にある桔梗園茶舗は通常どおり営業していた。二人が通用口から中へ入ると、そこには秋穂が待っていた。無地の和服を着た秋穂は、楚々《そそ》として美しい。

　小依はお辞儀《じぎ》をした。

「本日は大事な席にお招きいただきまして、ありがとうございます。あの、粗相のないように、隅っこのほうで見学させていただきます」

「そんな緊張せんでもええんですよ。うちはただのお茶屋で、茶道教室と違いますからね。細かい作法も気にせんといてください。表のお店も開けてるでしょう。これも伝統なんですよ。ご贔屓《ひいき》さまが立ち寄らはった時に、奥で美味しいお茶の封を開けたんで、ぜひ飲んでいってくださいっていう意味らしいです。口切の茶事やとは知らんお客様は、大抵びっくりして遠慮なさるそうなんですけど、気軽にどうぞってこちらからお願いするんです」

　それを聞いて、更にホッとした。二人は屋敷へと続く中庭に通された。秋穂が手入れされた日本庭園に目を向ける。

「あとひと月ほどすれば、この庭いっぱいに桔梗の花が咲くんですよ。紫が映えて、それは綺麗なんです」

　トキが石臼を挽いていた小部屋は、今日も縁側の障子戸が開け放たれている。家紋の刻まれた黒い石臼もそこにあった。

「お茶壺から出した碾茶は、ここで挽きます。挽くのは番頭さんの役目です」

「そして出来上がるのが、毒といわれるほどうまい桔梗昔ってわけやな」

皆月がサラリと言う。小依は軽く睨んだ。

「もう、先生。変なこと言わないで下さい。秋穂さん、特約農家の室町さんに聞いたんですけど、お狐様の碾茶をお茶壺に詰めるのも、挽くのも、桔梗園のその代の番頭さんとおかみさんだけに許されているそうですね。ということは、いつか秋穂さんがトキさんに代わって茶事をされるんですか？」

「さあ、どうでしょうね。私は頼りないから、そんな大事なこと任してもらえるかどうか」

秋穂は微笑んでいる。小部屋の隣の広間が、今日の茶席だ。こちらも戸が開けられていて、庭から部屋の様子がよく見えた。床の間には、朱色の網をかけた茶壺が飾られている。想像していたより大きい。大きめの花瓶のようだ。

小依は緊張してきた。あの中に、桔梗昔が眠っているのだ。

「ドキドキしてきました。今日、ここで桔梗昔をいただけるなんて。それに明日は『ひがしやまスイーツ博覧会』ですよね。聡美さんに聞きましたけど、出品予定の豆狸パフェには、そこにある桔梗昔を使用されるんですよね？」

「ええ、そうです。桔梗昔の濃いお抹茶を合わせて、初めて完成するんです。スイーツ博覧会では、来てくれはった人にその場で商品を食べてもらって、順位付けをします。自分で言うのもなんですけど、桔梗昔があったら絶対いいとこまでいくと思うんです。京豆狸をもっと認識してもらえるチャンスです。そのあとは、聡美が頑張ってくれると思うし」

「え？」

その時、聡美が現れた。彼女はスーツ姿だ。

「あら、また記者さんやん。今日はなんの取材ですか？」

「聡美ちゃん、取材とちごて、二人はお客様やで。おばあさまがお茶会に招待しはったんや」

するると聡美は少し眉を寄せた。

「そうなんや。なんか今回のお茶会はやたらとお客さんが多くない？　おばあさま、うちの家族も呼んでええ言わはったよ。お店があるからみんな来られへんかったけど」

「言われてみれば、そうかもしれへんねえ」

秋穂も不思議そうに首をひねっている。小依は姉妹の会話を聞いて、前にここへ来た時のことを思い出した。

「お誘いを受けた時に、トキさんが言ってたんですけど、次の献茶会はちょっと特別だから、他の人にいてもらったほうがいいって」

「へえ……」と、秋穂と聡美は見つめ合った。二人は小声で何かを話している。

「狸がなんか相談しはじめてるみたいやな」

皆月が隣からコッソリ言う。小依は顔をしかめた。

「もう、先生は。そんなことばかり言って」

「いや、狸っていうのはトキさんも含めてや。他人にいてもらったほうがいいってことは、世間に公表したい何かを言う気なんやろ」

「何かって？」

「そうやな。面白い展開なら、桔梗狐になぞらえて、誰かと誰かが入れ替わる。たとえば、姉から妹へと、嫁を入れ替えるとかな」

「そんなドロドロしたの、いやですよ」

「現実的やとすれば、完全に引退するから、お狐様の碾茶を秋穂さんに引継ぐってとこかな」

「絶対あとのほうですって」

「それだと面白味はないけどな。まあ、フィクションちゃうしこんなもんか」

二人は茶席に通された。広い和室には花村家の親戚に、贔屓客、従業員も招かれている。気楽な席というのは本当らしい。

母親に連れられてきた小学生の女の子もいた。女の子はまるで発表会のように、可愛らしいワンピースを着ている。母親の隣で座っているが、落ち着かないのかモジモジと小刻みに動いている。

「あら？」

「どした」

「あの女の子を見てたら、なんだか……。いえ、なんでもありません」

なんだろう、昔、自分にもこういうことがあったような気がする。

だがはっきりしない。映像で見ただけかもしれない。

口切の茶事が始まった。亭主はトキで、補佐をする半東《はんとう》は秋穂だ。丸まった背中をしたトキは網から茶壺を出すと、封印のための和紙を小刀で切った。

小依はそれをじっと見つめていた。隣にいる皆月も息を詰めている。

トキは木製の盆の上で茶壺を斜めにした。音を立てて、深緑の碾茶が出てくる。アオサのような細かい薄片の葉だ。

「あれが詰め茶やな」皆月が小さく言った。

「そうですね。あ、白い袋が出てきた。お濃茶入りの半袋ですね。わあ、なんかドキドキする」

トキは半袋を筒に入れると、盆に出した詰め茶を茶壺に戻した。そしてまた茶壺の口に蓋をして、和紙で封をした。半袋の入った筒と道具一式を持って部屋を出ていく。残された茶壺は披露のため、客の手を順々に渡っていった。

黒塗りの大きな茶壺が回ってくると、小依は緊張した。

「この壺に残った詰め茶は捨ててしまうんですよね」

「ちょこっとなら封を破ってもばれへんのちゃうか？　大庭さん、やってみてや」

「いやですよ、そんなの」

小依は皆月から茶壺を遠ざけた。この人なら天然すぎて、無邪気に悪戯をしそうだ。

皆月は他の客へと回っていった茶壺を見ている。

「さっき筒に入れて持っていった半袋は、いま隣の部屋でゴリゴリ挽いて抹茶にしてるんやな。ふうん……。なあ。見にいこうか」

「えっ」と、小依は目を瞬いた。「駄目ですよ。ここでお濃茶のお点前が始まるのを待っていないと」

「大丈夫や。こういうのはな、堂々とやればバレへんねん」

「主菓子が回ってきましたけど、それも諦めますか？」

着物姿の女性が入ってきて、客の前に黒い重箱を置いていった。一段に一つずつ入っている菓子を客が自ら取り出し、次の客へと渡していく。腰を浮かした皆月だが、あっさりと座り直した。

「あかん。出されたもんを食べへんなんて、そんな失礼なことはできひん」

「盗み見するのはオーケーなんですか」

呆れる小依に重箱が回ってきた。開けてみると、入っていたのは黒地の底にくっきり映える青紫の桔梗だ。

「桔梗やな」と、横から皆月が覗いた。小依はため息をついた。

「生きてるみたい」

本物といっても通じるほどの色形だ。ついさっき庭先で摘んできたような瑞々しさ。外側は星形で、内へ向かって窪み、薄黄色の雌蕊《めしべ》に、小さな雄蕊《お》が散っている。花弁の一枚ずつにグラデーションと筋がある。

菓子や茶器を選ぶのは亭主の仕事だ。この美しい主菓子はトキの気持ちの表れだ。桔梗の開花はひと月先だと言っていたが、今、見ることができた。

「再現度が半端ないな。ほんまもんの花みたいや」

「ええ。怖いくらいです」

繊細な濃淡を出すために、色付けした白餡の練り切りを少しずつ継いで作ったのだろう。滑らかなライン、鋭利な角度。もし桔梗の花が隣に添えてあっても、美しさで引けを取らない。甘い分、この生菓子のほうが魅かれる。

食べると、それは特に変哲のない白餡だ。むしろホッとする。

「桔梗の味かと思いました」

「抹茶が引き立つ品のいい甘さやったな。よし、行こか」

皆月は袴の両裾をまくり上げると、平然と客の合間を縫って縁側から外へ出る。小依は慌ててあとを追いかけた。庭から見ると、さっき開け放たれていた隣の小部屋の障子が閉まっている。

「時代劇やと、障子にプスッと穴開けて、そこから覗き見するもんやけど」

「それはやめてください」

本気でやりそうだと、胸がドキドキする。なんだかドラマみたいだ。二人、身をかがめて障子戸に近付くと、そっと升《ます》格子に手をかけて少しだけ隙間を作る。

そこに片方の目を押し付けると、部屋の中が見えた。黒い袴を着た老人が座っている。松尾だ。

松尾は、黒い石臼を挽いていた。臼のくぼみには碾茶が盛ってある。挽き手を回すたびに、上臼と下臼の間から、鮮やかな緑の粉が溢れ出てくる。

黒い石の受け皿はもう、抹茶で敷き詰められていた。

気が付けば小依は息を止めていた。抹茶が細やかで、吐息で吹き飛ばしてしまいそうに思えたのだ。

頭の上で、皆月が囁く。

「今はどこの茶舗でも電動の石臼製粉機を使ってるそうや。臼の内側に溝が彫られていて、そこを擦り合わせることで粉が挽けるんやけど、構造は同じはずなのに手臼で挽いた粉と電動の臼では、味が違うんやって。なんで味が違うのかはわからへんらしい。機械と手じゃ、摩擦熱《まさつねつ》の違いで抹茶の風味が変わるんかもな」

小依はようやく息をした。

「いい香り……」

松尾は抹茶を茶こしで篩《ふる》い、濃茶用の茶入れにすくい入れている。小部屋の襖が開き、背中を丸めたトキが入ってきた。手には大事そうに茶壺を抱えている。客へのお披露目が終わったらしい。

「松尾はん。どないや、今年のお茶は？」

「へえ、奥さま。よう熟してます。今までの中で一番ええ香りがしてますわ」

「そうか。そらよかった。これが最後の桔梗昔や。今日はぎょうさんお客さんが来てくれたはる。みんなに美味しいお茶、飲んで帰ってもらいましょか」

「へえ」

「ほな、これ。あんじょうしといてや」

トキは茶壺を松尾に渡すと、代わりに茶入れを持って部屋から出ていった。

小依と皆月は障子戸から離れると、顔を見合わせた。

「最後の桔梗昔って、どういうことでしょうか？」

「うーん、自分にとって最後っていうことやろか。つまり、おかみとしての務めを秋穂さんに譲るって意味かもな」

「なるほど」

「あんたら、そんなとこで何してるんですか？」

背後から鋭い声がした。振り返ると、怪訝そうな顔をした雅臣がいた。隣には聡美もいる。

小依は慌てふためいた。

「ええとですね……。ユカータ先生が、足がしびれたっていうので、外へ」

「誰やねん」

皆月のほうがびっくりしている。

「正座できひんのに、袴着てきはったん？」

聡美は呆れ、雅臣は怪しむような目をしていた。

「こないだ取材に来はった人ですね。もう帰らはるんですか。今、うちの祖母がお濃茶を点ててますけど」

「すぐにお席に戻ります。それを楽しみにしてきたんです。幻の銘茶として桔梗昔を紹介させていただきたいんです。もちろん、ちゃんとチェックしていただいてから、記事にしますので」

小依は皆月の背中を押すと、茶席へ戻った。トキのお点前の最中だった。茶碗に湯を注ぎ、茶筅《ちゃせん》で濃茶を練っている。

「狡いで。君のほうが正座できひんくせに、僕のせいにして」

「しっ！　ほら、お茶碗がお客さんの前に運ばれましたよ。お濃茶は二人か三人くらいで回し飲みするんですよ」

「知ってるよ。僕はこう見えてもまあまあ文化人や」

水屋から茶碗が次々に運ばれてきた。小依の前にも茶碗が置かれる。

画像や写真で見ていたが、実際に濃茶の入った茶碗が手の中にあるのは初めてだ。その粘着《ねんちゃく》さに思わず顔が歪んでしまう。皆月がコソリと言った。

「お濃茶って緑のペンキみたいやろ。飲んだあと、口の中がすごい色になるで」

「ペンキ。更に飲みにくくなったじゃないですか」

小依は膨れながら、両手で茶碗を包み、慎重に傾けた。重い濃茶はなかなか口元までこない。

先に香りが落ちてくる。飲む、というには深すぎて、小依は抹茶を吸い込んだ。

それは想像していたよりも、ずっと濃かった。

流れない。塞《ふさ》ぐ。緑が喉を塞ぐ。

「……大庭さん。全部飲んだらあかんのやで」

小依はハッとした。茶碗の中の濃茶を見つめる。

「これがお濃茶なんですね。私は初めてお濃茶をいただいたので、他と比べることはできませんが……、このお茶はなんていうか……強いですね。自我が」

「お茶の自我が強い？　ほんま、変わった表現するな」

皆月は薄く笑っている。すると小依の感想を聞いていたのか、トキが笑った。

「かまへん、かまへん。お濃茶は慣れてへんかったら飲みづらいもんや。でもよう味おうてみてや。苦いだけやあらへんで。甘さも、ちゃんと舌に残ってるやろう？」

確かに舌にはそれが残っている。糖質の甘さではない。苦味を強引に抑えるような抹茶の香気のかたまり。

強い香水を思わせる。

毒という表現は、あながち間違ってはいない。

「さあ、このあとは桔梗昔でお薄も点てるさかい、飲んでいってや。お濃茶の粉をお薄に使うのは、ちょっとした贅沢や。もっと甘くなって美味しいで」

濃茶の席が終わると、薄茶のお点前が始まった。桔梗昔の抹茶を使った薄茶は滑らかな泡まで濃かった。

「もう一杯どうですか」と、笑顔の秋穂が茶碗を運んできた。小依も笑顔になった。

「秋穂さんがイメージするスイーツがわかりました。このお薄の泡のようなムースに、さっきのお濃茶を薄く敷き詰める。それが豆狸パフェの斜めのラインに入ったら、さぞかし綺麗でしょうね」

「ふふ、そうなんです。桔梗昔の苦味が、他の甘いもんを限界まで引き立たしてくれる。そう思うんです」

「明日の博覧会、楽しみにしてますね」

薄茶の席には雅臣と聡美もいた。席にいる誰もが二杯、三杯と勧められるままお茶を飲む。子供には、追加のお菓子も振る舞われていた。

「奥さま」と、松尾がトキの傍らで何かを囁いた。トキはにっこりと微笑んだ。

「さよか。そら、よかった……。みなさん、今年の桔梗昔はこれでお仕舞いになりました。ぎょうさん飲んでいただいて、ほんま、おおきにでした」

客に安堵の色が広がる。秋穂も満足そうだ。

トキは茶室にいる全員に向かって言った。

「今日来てもろたみなさんに、お知らせしたいことがあります」

「お。きたで」と、皆月が小さく言う。小依も頷いた。

部屋がしんと静まる。トキ、そしてそのすぐそばにいる松尾の表情は穏やかだった。

「このお狐様の献茶会は、寛永《かんえい》から続いてるて言われとります。かつては出来のええお茶を売るのが勿体ないいう、花村家の勝手から始まったそうです。そのうちに、お得意様やらご近所様、仲のええお友達、しまいにはふらっと家の前を通らはったお人にも桔梗昔を振る舞ったそうです。桔梗園のお茶はびっくりするくらい美味しいゆうて広めてもらおう。お狐様の献茶会にまた来たい、また桔梗園のお茶が飲みたい。そうゆうてもらおう。そんな目論《もくろ》みもあったとか、なかったとか、聞いてます」

クスクスと、小さな笑い声が起こる。トキも微笑んでいる。

「けんど、今は内々だけで楽しむようなお茶より、たくさんの人の口に届くような、そういうお茶を作っていかなあきません。代々伝わってきた桔梗昔はもう、二度と作られることはありません。次のおかみの秋穂には、あんな面倒なもんは引継がず、わたしで終わりにします。いいえ、もう終わりました。さっきので仕舞いです」

「えっ？」

小依は思わず声を上げた。

秋穂と聡美はぽかんとしている。雅臣は眉を寄せて言った。

「どういうことや、おばあちゃん。桔梗昔はもう作らへんってことか？」

「そうや、雅臣。あんたらにこんな面倒なことは任せられへん。それに松尾はんに代わる番頭もおらへん。きっちり任せられる番頭がおらんと、桔梗昔は作られへんのや」

トキは残念そうに首を振った。

「これも時代や」

「お、おばあさま」

声を裏返したのは聡美だ。聡美は膝を擦って、トキに寄った。

「うちの姉なら大丈夫ですよ。おばあさまの跡を継いで、桔梗昔を作れます。信頼できる相手が必要なんやったら、私がいます。私が松尾さんの代わりをして、二人で頑張りますから。なあ、お姉ちゃん」

そう言って秋穂を顧みる。秋穂は我に返ったようだ。

「え、ええ」

だが、トキは首を振った。

「いいや、あかん。もう桔梗昔は仕舞いや」

「じゃあ、せめて製法だけでも教えてください」

「それもあかん。あれはわたしの代で終わりや」

トキはきっぱりと言い切った。聡美は悔しそうに項垂《うなだ》れたが、すぐに顔を上げた。

「残りの桔梗昔は？　最後にそれだけはいただけますよね？」

「今年の桔梗昔はお仕舞いやゆうたやろう。もうどこにもあらへん」

「でも、まだお茶壺に入ってるんですよね。毎年ひと袋くれはるやないですか。お菓子につこたらええゆうて、お濃茶用の碾茶が入った半袋をひと袋……」

「ほんまにもう、どこにもあらへんのや。かんにんえ。わたしも松尾さんも、たくさん半袋寝かせられるほど、ぎょうさん詰め茶が作られへんかってん」

聡美は再び秋穂を顧みた。秋穂は固く唇を結んでいる。

予想外の終了宣告に、茶室の誰もが複雑そうな表情だ。だが一番狼狽《ろうばい》しているのは聡美だ。まだオロオロとしていた。

「おばあさま。それやったら……、そうや、せめて詰め茶をいただけませんか？　あれかておお狐様の献茶用に特別に作った碾茶でしょう。お濃茶用よりは品質が落ちるかもしれへんけど、桔梗園の特別なお茶やし……」

「あかん」

トキはぴしゃりと言った。突然、目が険《けわ》しくなる。

「あの詰め茶はほかすもんや。そういう決まりなんや」

「でも、明日の博覧会に出す京豆狸のスイーツには、桔梗園の抹茶が」

「聡美、もうやめとき」

食い下がる聡美を秋穂が制した。秋穂の表情は穏やかだった。

「おばあさま、すみませんでした。明日、うちの実家の都合でお抹茶が必要になるんです。桔梗園のお濃茶『沢《さわ》の昔《むかし》』を使わせてもろてええでしょうか」

「そら、もちろんかまへん。そやけど、あんたら、桔梗昔を使ってなんか作ろうと思てたんやな。そら、悪かったたな」

「いいえ、なんも相談せんと、勝手に桔梗昔を使わせてもらおうとした私が悪いんです」

「沢の昔もええお茶や。なんも劣ることあらへん。明日は挽き立ての抹茶をつこたらええ。雅臣、沢の昔に使う碾茶を店から取り寄せてあげよし。足りひんかったら、工場のほうから持ってきたらええ」

「わかった、手配する」と、雅臣は少し困惑気味に答えた。

「ありがとうございます」

秋穂が深々と頭を下げた。聡美は何か言いたそうに苦い顔をしている。

招かれた客たちがバラバラと帰っていく。何度も献茶会に来たことがあるという常連の客は、口々に残念だと言っていた。

小依と皆月は中庭に出た。

「まさか今日が最後の献茶会やったとはな。もう記事にしても意味ないか。桔梗昔はなくなってしまったんやから」

「残念です。でも、宗旦狐の話から波及した銘茶ですし、抹茶の逸話としては充分面白いと思います。それにもしかしたら、いつか復活するかもしれないし」

「いや、それはたぶんあらへん」

皆月が真剣な顔で言った。小依は首を傾げた。

「どうしてですか？」

「番頭や。桔梗昔の製法には、番頭の助けがいるんや。農家のご主人が言ってたやろう。

体を壊してから松尾さんが来なくなったって。その役目を担える人がいないから、トキさんは桔梗昔を諦めた。さっき、ぎょうさん詰め茶が作られへんかったって言わはったけど、僕が思うに、大事なんは恐らく……」

その時、秋穂が静かに近付いてきた。彼女の表情は硬い。

「お二人にお願いがあるんです。明日行われる『ひがしやまスイーツ博覧会』に出展するうちのスイーツ、ぜひ食べにきてほしいんです。桔梗昔はあらへんけど、別のお抹茶でも美味しく作れます。食べた感想は正直に書いてもろてええんで」

「もちろん伺います。あの、きっと大丈夫だと思います。確かに桔梗昔には強い印象を持ちました。でも別のお抹茶でも代わりになりますよ」

「そうですね。私も、そう思います。とにかく明日は、こないだみたいな甘いだけの頼りないもんは出しません」

秋穂はそう言うと、去っていった。

花村家の屋敷を出ると、皆月が聞いてきた。

「なあ、あのお茶。飲んでみてどう思った？」

「桔梗昔ですか？　そうですね。お濃茶を飲んだのが初めてだったから、美味しいかって聞かれると、正直微妙でした。でも香りは、前に秋穂さんにもらったアイスクリームと同じでとても深かった。そう、味っていうより香りですね。今でも顔のここらへん」

小依は自分の顔を指差して、くるりと輪を描いた。

「残ってません？　抹茶の香りが」

「そうか？　僕はそこまでは思わへんかったわ。お薄はまあまあうまかったけど」

皆月とは、少し意見が合わなかったようだ。だがそのほうがいいような気がする。もう二度と飲めないのだから、名残惜しんでも仕方がない。

あとは、明日のスイーツ博覧会だ。できれば、京豆狸のスイーツがバランスよく仕上がればいいと思う。ただ秋穂の思い詰めた顔付きに、小依は微かな不安を感じた。


「どうや、小依ちゃん。そろそろ、まとめられそうか？」

錦織は腰を押さえながら言った。ぎっくり腰をしてから、ずっとこの姿勢だ。

小依は今まで取材してきた資料をチェックしていた。どの店の、どの商品を掲載するか。お茶に纏わるどの情報を使うか、ほとんど決まっている。写真も後藤から送られてきたし、皆月の原稿も、数件分は上がってきていた。

「ええ、あとは今日の午後に東山で行われるスイーツ博覧会へ行って、取材完了です」

スイーツ博覧会のホームページを錦織に見せる。抹茶スイーツ部門以外にも、色んなジャンルで有名店が出展している。

「ああ、この『おかき・煎餅部門』ってええな。小依ちゃん、うまそうな煎餅があったら買うてきてんか。経費で落とすから」

「はい」と、小依は笑った。パソコンに来ているメールをチェックする。「あ、これもだわ」

「なんや？」

「皆月先生の原稿。『新緑に紫黒の縞模様』ですって。また私が言ったこと使ってるんだから。打ち上げ花火バーンも引用してるし、割と適当なんだから」

ゆうべのうちに送られてきたメールを見て、呆れた。原稿には所々小依の感想が参照されている。行った場所、食べた物が同じなのだから、文句は言えない。

「そら、しゃあないわ」

話に入ってきたのは佐々山だ。

「取材中も、あの人は物語を書いてるつもりなんや。自分の編集者の言うたことで、ええと思うことは使っていくよ。そんだけ引用されてるなら、皆月先生と大庭さんの感性は合うんやな。そういうの大事やで。たまに、真逆の作家と編集が組むと、まあ原稿が進まへん。ええと思ってることが逆なんやからそうなるわな。そのバトルも仕事の面白味の一つやけど」

「バトルも面白味」

小依は反芻《はんすう》した。

ここ数日、自分がしてきたこと。それが皆月にとっては執筆のアイデアだったなら、知らず知らずのうちに彼の力になれていたのだろうか。

錦織は腰を押さえて笑っていた。

「でもそのバトルが自分のためやったらあかん。小依ちゃん、面接の時、何言うたか覚えてるか？」

「え？　面接って、新卒採用のですか？」

いきなり何年も前の話をされ、小依は目を瞬いた。

「ええと……私、何言いましたっけ？」

「ワシが、自分の一番自慢できることはなんですかって聞いたら、小依ちゃん、お母さんの料理がめちゃくちゃ美味しいことやって言うたんや。びっくりしたわ。うわ、この子、自分の面接やのにオカンのこと言いよったって思てな」

小依は顔を真っ赤にした。確かに言った。覚えている。

「あ、あの時はですね、とにかく面接に落ちまくって、何が正解かわからなくなってたんです。定型通りの回答で散々落ちたんだから、もう、思ったままを言ったんです」

本音を語って落ちたなら仕方がないと、就職浪人も覚悟していた頃だ。受かった時には、何がよくて採用してもらったのだろうかと不思議だった。

「あの時、お母さんの料理を鼻息フンフンして褒めてたやろ。うまいもんへの表現が、聞いてるこっちに伝わる子やなって思ってん。そういう感性は本を作る人間に不可欠や。自分で文字を書かなくてもな。それで採用したんや」

「錦織社長」

まさかの採用基準に、胸が熱くなる。

「小依ちゃんは今まで編集の仕事にはほとんど興味示さへんかったけど、ずっと編集に向いてると思ってたんや。表に立つタイプの編集者と違って、一緒に仕事したライターさんを自慢できるタイプや」

なんとなくここを選んで、与えられた仕事をこなしてきた。この抹茶企画は自ら手を上げて訪れた転機ではない。だが認められることがこんなにも嬉しいなんて、初めて知った。

「ライターを自慢できる、か。確かに歳と共に、苦手になってるなあ」

佐々山が唸ると、錦織も頷いている。

「ワシもや。ライターと編集は、大小はあるけど対立する。ワシらは必ず異を唱えるからな。せっかく書いたもんにいちゃもんつけられて、平気な物書きはおらへん。しかもその異論が、自分が書きたいもんへの修正やと、方向性にズレが生じるしな」

「更に耳が痛いですわ」

佐々山は苦笑いしている。

小依にはピンとこなかった。自分が作りたい物は理解できる。だが書きたい物は役目違いだ。書くのはライターの仕事だ。

「自分が書きたい物っていうのは、どういうことでしょうか？」

「本が好きで、自分の本を出したい。でも書きたくても書かれへん。そういう人の中には、自分の手で、自分が思ってるもんを書いてくれる作家を育てようとする編集もおる。皆月さんをデビューさした編集さんも、確かそんなタイプやったな、佐々山君」

「そうですね」と佐々山は肩をすくめた。「若手の作家とベテラン編集者の組み合わせは、どうしても依存しやすくなりますからね。その担当さんが新レーベルを立ち上げた時に少し話を聞いたけど、また一から新人育てるんやって意気込んではりました。その頃には皆月さんはかなりの人気作家やったから、自分にできることはなくなったって思ったかもしれませんね」

話の所々に、思い当たる節があった。

出版社に就職した動機を聞かれた時に、やっぱり作家志望なのかと言われたし、秋穂と聡美の依存関係もすぐに見抜いた。

「……それでも皆月先生は二人三脚の片側に去られて、寂しかったかも」

若くして文学界へ入り、活躍も苦労もしてきただろう。

優雅な振る舞い。飄々《ひょうひょう》としたキャラクター。どれが造り物で、どこまでが本物なのだろうか。

「仕事上でも付き合いが長いと、感情移入するからな」佐々山は頷いた。「そやけど、皆月さんは決別とか、喧嘩別れとかじゃないで。なんちゅうか、契約切れともちゃうな。卒業……。アイドルみたいやな。なんかしっくりくる言い方あらへんか」

「独り立ちとか？」

小依が言うと、佐々山は指差した。

「ああ、それや。皆月さんは育ててくれた編集さんから、独り立ちしはったんや。心配せんでも、あの人は図太いで」

その時、事務所の扉が開いた。入ってきたのは和服姿の皆月だ。

「あれ！　噂をすれば皆月先生やないですか」

佐々山は驚いている。小依も、錦織もだ。

「お久しぶりです、佐々山さん。噂って、ええ噂ですやんね。錦織社長もご無沙汰《ぶさた》してます。何年か前にどっかのパーティーでお会いして以来ですね」

「皆月先生。全然お変わりないですな」

錦織と佐々山は皆月を囲んで、世間話で盛り上がっている。

小依は近付けずにいた。遠慮ではなく、おじさん度合が高いのと、会社内で見る和装の男性が新鮮だったからだ。

「ちょっと！　小依ちゃん」加寿子が寄ってきた。「あの人が皆月豊先生？　すっごいダンディやないの」

「ダ、ダンディ？」

「カッコええわ。シュッとしてはるわ。社長の横にいはるから余計とそう見えるんかしらね。いやあ、着物の男の人ってセクシーやね」

「セ、セクシー？」

加寿子から噴きそうなワードが次々と飛び出す。小依から見る皆月はダンディでもセクシーでもなく、フワフワしたおぼろ豆腐だ。色んなことがあっても、俗っぽさを感じさせない風雅《ふうが》な人だ。

三人の談笑が一区切りしたので、小依は皆月に話しかけた。

「先生、今日の『ひがしめっせ』のお約束は午後ですよ」

「わかってるんやけど、ちょっとトラブルや」

「トラブル？　何があったんですか？」

「茶壺や。桔梗園の茶壺。封をしたはずの茶壺が破られたそうや。それを僕らがやったんじゃないかって、妹狸の聡美さんが、トキさんに告げ口しはった。石臼で挽いてる時に覗き見してたやろ。あれが怪しいって」

「茶壺の封が破られていたなら、中の茶葉は？　茶葉がなくなったってことですか？」

「どやろうな。そこらへん、今からトキさんに詳しく話聞きに行こうと思ってるんや。大庭さんも一緒に来てくれへんか。聡美さんが僕ら二人の仕業やって言うてるらしいから」

「そんな。……わかりました。先に桔梗園さんへ行って、それから『ひがしめっせ』へ行きましょう」

錦織と佐々山に事情を説明すると、予定より早くに会社を出る。

「小依ちゃん、煎餅忘れんといてや。『おかき・煎餅部門』のやつ！ ちゃんと領収書も、もろてきいや」

出ていく二人に、錦織が背後から声をかけた。

## ◆八の葉

花村家の屋敷では、昨日お茶会をした広間に、トキと松尾、そして聡美がいた。

聡美は目を吊り上げ、明らかに憤慨《ふんがい》している。小依と皆月が部屋に入るなり、睨んできた。そのあとは一方的に詰問するばかりだ。

「ほんまのこと言うてください。あんたらでしょう？　お茶壺の封を破いて、中の詰め茶を盗ったんは」

「何度も言いますが、そんなことしていません」

小依が言い返しても、聡美はまるで信じない。さっきからこの繰り返しだ。

「でも昨日、お茶壺の置いてある部屋を覗いてはったじゃないですか。足がどうとか、白々しいこと言うて」

「確かに覗いてました。それは認めます。桔梗園のお狐様の碾茶に興味があったんです。でもお茶壺には一切触ってません。絶対です」

小依たちの前には茶壺が置いてある。昨日見たまま和紙で封がされ、印が押されてある。

だが昨日と違って、その和紙が破れていた。蓋を開けたような跡がある。

聡美はこれ見よがしなため息をついた。

「じゃあ、誰がお茶壺に悪戯したっていうんよ。最悪やわ。私までこんな忙しい日に呼び出されて」

「そういえば、もうすぐスイーツ博覧会が始まりますよね。聡美さん、会場に行かなくていいんですか？」

小依が尋ねると、聡美は顔をしかめた。

「いいわけないやん。先に姉とお店の子らが行って、お客さんに出すスイーツの準備してはる。でも結構な数を作らなあかんから、私もグズグズしてられへんのよ」

トキと松尾は困ったように顔を見合わせた。

「なあ、ボン。ほんまにあんたやあらへんのやな。怒らへんから正直に言うてんか」

「トキさんまで、僕らを疑うんですか？　茶葉だけ盗っても、僕らには磨《す》り潰す臼もないんですよ」

「そうか。そう言われれば、そうやな。……聡美、もう一回聞くけど、あんたと秋穂はあの詰め茶を欲しがってた。正直に言うてんか」

トキの顔は少し悲しそうだった。どうやら、最初から小依たちを疑っていたのではないらしい。

聡美は悔しそうに唇を噛んでいた。黙って、激しく首を振る。

トキはため息をついた。

「あんたでもないんか……。そやけど、よその人間が詰め茶を欲しがるとは思われへん。あんなもん、ただのお茶っぱや」

「ただのお茶っぱやありませんよ、奥さま。あれには先祖の知恵が詰まってるんです。ほしい人からしたら、大判小判よりも価値があります」

松尾が悲し気に言うと、トキはまた深々と息を吐いた。

「そうやな。こんなことになるんやったら、最後のお茶会の時に、ちゃんと説明しといたらよかったわ。あの詰め茶は人が飲んだらあかんもんが入ってるんや」

小依と皆月は同時に息を吞んだ。

「それって……まさか、本当に毒？」

小依は微かに声を震わせた。トキは笑っている。

「そんな大層なもんやあらへん。あんたら、植物が外から身を守るために自分で辛くなったり、きつい匂いの成分を作るの知ってるか？　虫とかに食べられへんため、内側から強くなるんや」

「フィトンチッドのことやな」

皆月は少し眉根を寄せた。

「トキさん。今の話からすると、攻撃する虫の役目が詰め茶で、守る側の植物が濃茶用の碾茶やな。つまりあの詰め茶には、刺激するような成分がわざと含ませてあるってことか？　桔梗昔にする碾茶の自己防御を、目いっぱい引きだすため」

「そういうことや」

「なるほどな。毒は、周りの詰め茶のほうやったってことか」

「毒やあらへん。代々の番頭だけが知ってる田舎の山で採れる薬草や。飲んだらちょっとお腹が緩くなるくらいのもんや。それを碾茶に混ぜたんが、桔梗園の詰め茶なんや」

小依は二人の話を聞きながら、すぐそこにある茶壺を凝視していた。

壺いっぱいに詰まった詰め茶。それから滲み出た成分が、中心にある濃茶用の碾茶をじわじわと虐《いじ》めていく。

口切の茶事で飲んだ濃茶には、いつまでも舌に残る我の強さを感じた。あれは抵抗の味だ。周りから身を守るために強い香気を放っていたのだ。

想像するとかなり怖い。薬草を含んだ碾茶。たとえちょっとお腹が緩くなるだけとはいえ、間違って飲めば、大変なことになるだろう。

皆月は眉間を寄せ、トキに言う。

「でも、周りを薬草入りの葉っぱで囲っただけで、半袋に包まれた茶葉の味に影響が出るとは思えへんな。しかも中の碾茶は炙られ、生きているとはいえへん。そんな状態で茶葉が変化するかな」

「そけやど、うちらは何代も前からこの製法でお狐様のお茶を作ってきた。お茶が一生懸命せめぎ合って、ええ香りを作ってくれるんや。あんたらも飲んだやろう。あのお茶は癖になる。花村茶舗が生き残ってこられたんは、あのお茶を色んな人に振る舞ってきたからや」

「ほんまの狸やな。今の時代やとギリギリ、アウトやで。いや、昔でもアウトか」

皆月は苦い表情でチラリと茶壺を見た。

「それで詰め茶は捨てることになってたんか。そして桔梗昔を終わりにするって決めたんは、そこにいる松尾さんが、薬草を採りにいけなくなったからや。毎年、宇治田原のほうまで茶葉の出来具合を確認に行ってたのは、そのためなんやな？」

「ほっほっほ。まあそういうことや。なんや、ボン。たいしたもんやないか。探偵さんみたいやな」

「探偵がするのは捜査や。僕の得意分野は、創作や」

小依は皆月の推理にぽかんとしていた。聡美もまた茫然としている。

「まさか桔梗昔がそんなふうに作られていたなんて……」

「聡美。しつこいようやけど、ほんまにあんたらが封を切ったわけじゃないんやな？」

トキに聞かれ、聡美は激しく首を振った。

「ほんまに違います。私もお姉ちゃんも、絶対にそんなことしません。捨てるはずの詰め茶ならもらっていいんじゃないかって言うたのは確かです。けど、封を破って勝手に取り出すなんてことは、絶対にしません」

「そうか、わかった。疑ごうて悪かったな。そやけど、それやったら誰が……」

その時、広間に雅臣が入ってきた。

「あれ、聡美ちゃん。なんでここにいるんや？　今、会場にいる秋穂にうちのお抹茶を届けてきたとこや。会場中の人に出せるくらいいっぱい届けてきたで。あれがあったら一番になれるんやろう。桔梗園と京豆狸が、有名になるチャンスやで」

揚々と笑う雅臣に、全員が言葉を失った。トキが、掠《かす》れた声で言う。

「雅臣、あんた、まさか……」

「若旦那さん。どうしてそんなに急に、やる気が出たんかな。禁忌《きんき》のお茶を内緒で持ち出すほどに協力すんのは、誰のためなんや？」

皆月の言葉に、雅臣の顔色が変わった。図星だとすぐにわかる。

更には和紙の破れた茶壺を見て目を泳がせた。

「な、なんのことですか？　僕はちゃんと挽き立ての『穂《ほ》の昔』を届けてきましたよ」

「お義兄さん。昨日、お姉ちゃんがほしがってたんは『穂の昔』やなくて、『沢の昔』ですよ」

聡美は涙声で言った。起こり得る事態に震えている。

部屋にいる全員の視線が雅臣に刺さる。雅臣は拗ねたように唇を噛んで、顔を逸らせた。

「どうせほかすもんやから、ちょっとくらいええやん」

「雅臣、あんたは」トキは愕然としている。「なんで代々そうしてきたと思ってるねん。あかん言われてることには、ちゃんと理由があるんや」

小依は立ち上がった。

「聡美さん。秋穂さんに電話を」

「え、ええ」と、聡美は狼狽《うろた》えながら電話をした。だが、繋がらないらしい。「たぶん調理中は、携帯電話を持っていないんやと思う」

「先生」小依は皆月を見た。

「まずいな。もうすぐ開始時刻だ。誰かの口に詰め茶が入ってしまったらあかん。直接会場に行くで」

二人は駆け出した。

地下鉄東山駅から歩いて十分ほどの場所にある『ひがしめっせ』は、京都市内で最も大きな展示場だ。

スイーツ博覧会はそのメイン会場を貸し切って行われていた。ジャンルごとにコーナーが組まれ、その中に様々なブースがある。土産物の菓子、飲み物、ソフトクリーム。京都の有名菓子はほとんどが出店していて、客は入場料さえ払えば試食し放題だ。入り口付近では整理券が配られている。

皆月は会場内を見回した。若い女子からお年寄りまで、幅広い年齢層の客で大混雑だ。

「思ってた以上の規模やな。どこや、抹茶の特設は」

「ほとんどが抹茶関連ですよ。店ごとに場所が割り振られてます。看板が出てるはずなんですが」

小依は背伸びして、案内板を探した。会場は人でごった返している。ざわざわと動きが激しい。

「あと十分くらいで試食が始まるで」

「あ、見てください。パーテーションの裏からエプロン姿の人が出てきた。お盆に載ってるのは試食用みたいです」

「あそこで作って、各店のブースへ陳列するんやな。よし、行こ」

二人は奥へと向かった。人気店目当ての列が幾重にも重なり、真っ直ぐ進めない。割り込みと勘違いされて睨まれる始末だ。

「まるで縁日や」

「ほんとですね。ここまで盛況とは」

なんとか人込みを掻き分け、白い布地のパーテーションまで辿り着いた。『控室』と張り紙してある。

中を覗くと、かなり広い。いくつもの長テーブルで各店舗のスタッフが慌ただしく作業をしている。ほとんどが三角巾にエプロンか割烹着《かっぽうぎ》だ。

「うわ。誰が誰だか見分けがつかへんわ。これは一個ずつ回っていくしかないな」

「そうですね。じゃあ、先生はあっち回りで。私はこっちから回っていきます」

小依と皆月は反対方向から控室を回り出した。長テーブルでは菓子の盛り付けがされている。

ケーキに大福、チョコレート。プラスチックカップのミニパフェにマカロン。

すべて抹茶を使用したスイーツだ。取材した店も出品準備している。みんな真剣だ。俯き、中腰で、細かい作業をしている。

ここで事故が起こってはいけない。誰かが悲しい思いをするなんて駄目だ。小依は必死になって秋穂を探した。京豆狸の試食品はミニパフェだ。小さなカップに抹茶スイーツが盛られているはず。だがどれも抹茶色だ。右も左も、抹茶色だ。

その中で、濃紺の作務衣を着た男性が目に入ってきた。

秋穂の従兄弟で、煎餅職人の総一郎が屈んでパフェを作っている。小依は駆け寄った。

「総一郎さん！　秋穂さんは？」

「あれ、こないだの記者さんやん。秋穂ちゃんは会場にいてますよ」

「これ、京豆狸の出品物ですよね。この抹茶ムース、雅臣さんが持ってきた抹茶を使ってしまいましたか？」

　調理台に並んだ小さいカップには、抹茶ムースとバニラアイスとフレークが層になっている。もし桔梗昔の詰め茶が混入していたら、アウトだ。

　総一郎は不思議そうに首を傾げた。

「いいや。ここにあるのは秋穂ちゃんが店から持ってきた食材や。聡美ちゃんが来ないからって手伝わされてるんやけど、まだ全然できてへんねん。僕も煎餅コーナーで出品するから、そろそろ自分のブースに戻りたいんやけどな」

「そうなんですか」ホッとして、大きく息をつく。「よかった、まだ茶舗から持ってきた抹茶は使われてないんですね」

「いや。桔梗園の抹茶は味を滲ませへんために、ギリギリに使うんや。もう第一弾はブースへ運んだから、秋穂ちゃんがお客さんに渡す直前に茶杓で振りかける……」

　小依は最後まで聞かずにパーテーションから飛び出した。会場に掛けられた大きな時計は、試食開始時間まで一分を切っている。

「大庭さん」と、皆月も外へ出てきた。「どやった？　詰め茶は回収できたか？」

「いいえ。それが、もう秋穂さんが」

にわかに会場がざわめいた。時間だ。

小依は息を呑んだ。

ここにいるすべての人の動きを止めなくてはいけない。どの抹茶も、口に入る前に。

「みなさん、ご注目ください！」

唇が裂けるほど大きな声を出した。全員の目が、一斉に小依に向けられる。

「こちらにいらっしゃるのは本日のスペシャルゲスト、ダンディアンドセクシー、ユカータ・ミナトゥキ先生です！　盛大な拍手をお願いします！」

そして思い切り手を叩く。静まり返った会場に、小依の拍手だけが鳴り響く。

誰もが唖然としていた。皆月も硬直している。

小依は素早く会場を見回した。固まった人の中に、ぽかんとする秋穂の姿を見つけた。

「先生、あとよろしく」

そう言うと、人の間を縫《ぬ》って秋穂に近付いた。彼女が手にしている茶杓には、濃すぎて黒くさえ見える緑の粉が盛られている。もう片方の手には、小さなパフェが持たれていた。間に合った。まさに今、抹茶を振りかけた試食用の豆狸パフェを、客に渡すところだ。

コソコソと耳打ちをする。

「秋穂さん。そのお抹茶は使っては駄目です。よくないものが含まれている可能性があります」

「え？」

秋穂は眉根を寄せた。すぐに茶杓をパフェから遠ざける。

「どういうことです？」

「説明はあとです。整理券を持っているお客様には、中止のお知らせをしてください」

語気強く言うと、秋穂にも緊迫が伝わったようだ。他のスタッフにも声をかけて、並んでいる客をいったん解散させる。

だが振り向いた時、彼女の目は明らかに怒っていた。秋穂は小さな茶筒を持っている。抹茶が入った筒だ。

「どういうことか説明してください。このお抹茶の何があかんのですか」

「秋穂さん、裏でお話ししましょう」

「いいえ。今すぐ言うてください。これはさっき雅臣さんが持ってきてくれはった桔梗園の『沢の昔』です。朝早くから彼が自分で石臼を挽いて、お抹茶にしてくれはったんですよ」

「それは『沢の昔』とちゃうで」

皆月が割って入った。すぐに小依を軽く睨む。

「まったく、君は。なんちゅう雑な振り方すんねん。ダンディアンドセクシーってなんやさ。ちょっとステップして誤魔化したけど、久々に足が震えたわ」

「す、すみません」

小依は頭を下げた。必死だったので自分でも何を言ったかよく覚えていない。皆月は呆れ顔から、真剣な表情に変わった。他のスタッフに聞こえないような小さな声で言う。

「秋穂さん。その抹茶は『沢の昔』とちごて、桔梗昔の詰め茶や。あんたの旦那さんが、茶壺の封を破って勝手に持ち出したんや。詰め茶には濃茶を苛《さいな》むための有害な成分が含まれてる。嘘やと思うなら、あんたの妹に電話してみたらええ」

それを聞いた秋穂はすぐに鞄の中からスマホを取り出した。

「……聡美から、こんなに着信が」

「客に出してたら一大事やった。たいした症状は出ないらしいが、それでも無視はできひん。もし健康被害が出たら、京豆狸だけじゃなく、桔梗園も終わりや」

皆月が静かに言うと、秋穂はブルブルと震え始めた。小依は心配になり、彼女を支えた。

「秋穂さん」

「大丈夫です。とんでもないことになるところやった……」

それ以上は何も言えず、口を噤む。

皆月はブースのテーブルに並んだ試食用のパフェを見た。

「残念やけど、濃茶はなしでやるしかないな。それとも、今から桔梗園の『沢の昔』を取り寄せるか」

「いいえ、いいえ」秋穂は首を振った。「これ以上、私の実家のことでみなさんに迷惑をかけるわけにはいきません。もう……今日の出品は諦めます」

「そんな。秋穂さん、まだ時間はありますよ。ご主人か聡美さんに連絡して、お抹茶を持ってきてもらいましょう。間に合わなければ、このまま出せばいいじゃないですか。抹茶ムースとアイスだけでも充分ですよ」

「もういいんです。そもそも、こんな中途半端なもんをお客さんに出そうとしたんが間違いでした。ほんまは私ら姉妹、最初からたいした才能もアイデアもあらへんかったんです。ちょっとした話題だけで、なんとかここまでやってきた。それでも私がいなくても大丈夫なように、最後にお店を盛り立てようと思ったんやけど……」

「秋穂さん」

項垂れる秋穂を見て、小依は胸が詰まった。

好きなことのために頑張ってきたのだ。きっと、人には見えない努力をたくさんしてきた。そう思うと、何か力になってあげたい。

会場では試食が始まっていた。客は立って、それぞれの店が提供する自慢の品を食べている。ひと口で食べられるクレープに、カットしたカステラ。小さくても、ちゃんと店の特徴を捉《とら》えている。

それぞれに個性がある。

「煎餅……」

小依はつぶやいた。皆月は呆れ顔になった。

「今か？　お土産の煎餅はあとでええんちゃう？」

「そうじゃなくて」

小依は会場に向かって大きく両手を広げた。

「見てください。それぞれ、みんな特徴があるんです。八ッ橋、丁稚羊羹、わらび餅。昔ながらの御団子、和菓子のいいところを使った洋菓子。お抹茶を使ったパフェにも、その店のこだわりがある。豆狸パフェに足りなかったのはそれです」

「なんのことや」

「八ッ橋屋さんには八ッ橋、羊羹屋さんには羊羹」

「あっ、もしかして」

「煎餅屋には煎餅ですよ！」

小依はまたパーテーションの裏へ回ると、パフェの下準備をしている総一郎に駆け寄った。

「京豆狸の煎餅、会場に出品されてますよね？」

「ええ。そろそろ自分のブースに戻ろうと……。え？　ちょっと、記者さん？」

小依は総一郎を引っ張ると、無理やり、『おかき・煎餅部門』コーナーまで連れて行った。ここにもたくさんの店が自慢の商品を並べている。

「協力してください！　豆狸パフェにいるのは、桔梗昔じゃありません。京豆狸の煎餅が必要なんです」

「なんやわからんけど、うちの煎餅がいるんやったら持ってってったらええですよ」

総一郎は不可思議そうに京豆狸のブースまで小依を案内した。テーブルの上には袋詰めされた煎餅が大量に並んでいる。

「大庭さん」と、人を掻き分け、皆月がやってきた。試食が始まっているので会場は大混雑だ。

「ブースに出してた試食品は全部裏に下げてもらったで。秋穂さんが待ってはるわ」

「さすが先生！」

小依は煎餅を両手で抱えた。だが全部の種類を持ちきれない。

皆月がいきなり着物の裾をめくった。中の襦袢までまくり上げ、白いステテコが丸見えだ。

「ここに載っけたらええ」

「はい！」

風呂敷《ふろしき》代わりの着物に煎餅を山盛り載せ込み、二人で会場を縦断する。ステテコ丸出しでガニ股走りする皆月に周りはぽかんとしている。

控室では、忙しそうな他店に交じって京豆狸のスタッフと秋穂が悄然としていた。調理台の上には作りかけのカップが並んでいる。

「秋穂さん！　これを使いましょう」

小依は皆月のかかえる煎餅を長テーブルに広げた。秋穂は目を丸くした。

「これって、うちの実家のお煎餅？」

「はい。煎餅屋には、やはり煎餅ですよ。京豆狸の手焼き煎餅を作って、京豆狸らしい抹茶パフェを作るんです」

「ええ？　そやけど煎餅って……」秋穂は困惑している。「どうしたらええん？」

「考えるんですよ。砕くとか、捏《こ》ねるとか、浸すとか。秋穂さん、あなたはプロのパティシエで、さらには煎餅屋さんの娘さんでしょう？　ものすごい強みじゃないですか」

「そうやで」

皆月は袋を開けると、バリンと音を立て煎餅をかじった。

乾いた、いい音だった。

「甘いもん食ったあとの堅焼き煎餅は格別にうまかった。この前食べたんは醤油やったな。これは塩や。めっちゃうまいわ。次は海老《えび》にしよ」

皆月がまた別の袋を開けようとしたので、小依は素早く取り上げた。

「先生。これ以上食べないでください。秋穂さん、おかきやあられも持ってきました。秋穂さんのお父さんと総一郎さんが焼いた物です。イメージを、桔梗昔から京豆狸に変えましょう。独り立ちするんです」

秋穂が小さく息を呑んだ。目が真剣になる。

「うちの煎餅を使った、新しい豆狸パフェ」

「そうです」

小依はギュッと拳を握った。その隙を見て、皆月がまた新しい袋を開けた。すぐに大口でかぶりつく。

「海老、うまい」


「駄目でしたね」

小依は深々と息を吐いた。『ひがしやまスイーツ博覧会』は閉会し、会場にはスタッフと関係者しか残っていない。

「しゃあないわ。出せただけでもよかったと思おう。うまいって言ってくれたお客もいたみたいやし」

二人は今、順位付けのボードを見上げている。途中からやってきた聡美も加わり、豆狸パフェは当初の予定とはほぼ別の物になって出品された。

だが付け焼き刃の変わり種スイーツが居並ぶ人気店に勝てるわけもない。結果は下から数えたほうが早く、ボードにすら載っていない。十位内に評されたのは、ほぼ有名店の出品だった。

「アイデア勝ちで、もう少し上位までいけると思ったんですけど。抹茶ムースとバニラアイスが甘めだったから、海老煎餅の塩気がインパクトあったし、お客さん自身で選んでもらったおかきを、その場で砕いて散らすっていう面白さもよかったんだけどな」

とはいえ、急ごしらえのミニパフェに、見た目の美しさは追い付かなかった。

「あとはアンケートを見て本人たちで改善するやろ。煎餅を使うもよし、幻の抹茶を追い求めるもよし。プロなんやから、考えはるわ」

「そうですね」

それでも小依は残念だった。味や見た目は大切だ。誰だって常に美味しい物を求めている。

だが今まで食べるばかりで、作る側の苦労や努力を考えたことがあっただろうか。自宅で母が試食にと出してくれる料理を、美味しいか、そうでないかだけで判断してきた。求められる答えがそうだとしても、その裏側に誰かの思いがあることを考えれば、自分の味覚と嗅覚を総動員して、奥にあるひと味に辿り着いていたかもしれない。

お茶会で飲んだあのお濃茶の奥に、一瞬だけ感じた甘さのように。

「うちのお母さんも、苦労してたんだろうな」

「何が？」

「いいえ、なんでもありません。……先生、その煎餅、一人で持って帰る気ですか？」

手提げ袋いっぱいの煎餅を見て、小依は呆れた。皆月は中途半端に残った煎餅をすべてもらって帰ろうとしている。

「私にも半分分けてください。社長にお土産頼まれているんです」

「ちゃんとしたやつ買ったほうがええで。これ全部開いてるから、湿気るで」

「いいんです。秋穂さんの従兄弟の方が言ってたじゃないですか。湿気ても、それもまた美味しいって」

秋穂たちが大慌てで即席パフェを作っていると、総一郎はまた控室へやってきて、手伝いをしてくれた。気さくでさっぱりした、話しやすい男性だった。

「総一郎くんな。感じのええ人やったな。ちょこっと喋ったけど、彼、独身やいうてたで。お土産の煎餅は店に行って直接買ったらどうや？」

「そんなこと言って、その大量の煎餅、全部自分で食べるつもりでしょう。駄目です。塩分の取りすぎは体によくありません」

小依は渋る皆月から、半分煎餅をもらった。錦織への土産はこれで確保だ。だが皆月の言うように、近々京豆狸の煎餅屋へ行ってみよう。

「お店で焼き立ての煎餅、美味しいでしょうね」

「七輪網で焼いたやつな。ええ匂いするやろな。下からゆっくり熱が昇って、煎餅が膨らんで……。たまらんな」

「私もその映像が頭に浮かびました。パチパチって火の粉が舞って、お煎餅の縁がキュウって反って」

「焼いてるとこ、見たことあんのか？」

「ないです」

「ないのに、なんでキュウって音までわかるねん。この会話、前もしたことあるな。ゴリゴリがどうとか。抹茶も煎餅も日本文化の一つとして、いつの間にか刷り込まれてるんやろうか」

「それが、記憶にはないんですけど覚えてはいたようです。こないだ母に聞いたら、私、三歳くらいまで京都に住んでいて、母に連れられてお茶会に参加したことがあったそうです。もう二十年以上前のことですけど。しかもそれ、桔梗園の口切の茶事だったんです。ただのお茶会だと思って参加した母もびっくりしたそうです」

「そこで石臼のゴリゴリを目にしたんやな。巡り巡って、またお狐さんに呼ばれたってことや」

「はい」

　おまけに小依はその時、碾茶を石臼で挽く様子を障子の隙間からこっそり覗いていたらしい。昨日の皆月と同じだ。たとえ三歳そこらだとしても、行動が被っているのは恥ずかしいので、黙っておく。

「私の中に残った石臼を挽く映像は、暗いイメージでした。きっと子供の目には怖かったのかもしれません。でも今は、伝統と情緒がある素敵な情景です」

「じゃあ、煎餅のキュウもどこかで触れたことがあるんかもな。知ってる気がすることは、たぶん知ってるんや」

小依は頷いた。秋穂たちは裏で片付けをしている。いつか豆狸パフェが完成したら、食べに行きたいと思う。

「これもたぶんやけど、お姉さんの狸のほう、おなかに子供がいはるんとちゃうかな」

「え？　そうなんですか」

驚いた。もう一度秋穂を見る。元気に動き回っている。

「旦那の雅臣さんが急に張り切りだした理由は、それが一番しっくりくる。子供が生まれたら、桔梗園と京豆狸の掛け持ちは難しいやろう。だから秋穂さんが心置きなく実家の店を退けるように、手助けするつもりで桔梗昔の詰め茶を持ち出したんとちゃうかな。まあ、想像やけど」

「なるほど……。あ、私もわかりました」

今の話を聞いて、急に閃いた。

「桔梗狐の話ですよ。宗旦さんに化けた狐が、桔梗園の若旦那さんにすり替わった話。実は若旦那さんと弟が入れ替わったんじゃないかっていうのは、今の話と同じじゃありませんか？」

「今の話っていうと？」

「長いこと子供ができなかった夫婦に、ようやく子供が授かった。そりゃあ、旦那さんは喜びますよね。それまでやる気がなかったのに、人が変わったんじゃないかと思われるくらい、仕事に精を出したんです。そういうのを皮肉って、尾ビレとか背ビレが付いて、最終的にはまったく違うものになってしまった。噂や寓話ってそういうものなんですよね」

「かもな」

事実はわからない。だが、また抹茶に纏わる面白いネタが増えた。何をどう書くかは皆月の腕次第だ。もしかしたら、今まで二人で話した会話の欠片がちりばめられているかも。楽しみだ。きっといい物ができる。そんな予感がした。

## ◆末の葉

「で、いつ頃に出るの？　小依が初仕事したお抹茶本は？」

陽菜は薄茶色のモンブランの周りで、フォークを迷わせている。なかなか崩す勇気が持てないようだ。

よくわかる、と小依はじっとモンブランを見つめた。ケーキというより、毛足の長いヨークシャーテリアだ。毛糸のように細く絞られたマロンクリームが幾重にもなり、どこにフォークを入れればいいか悩むだろう。

「えいっ」と声で勢いを付け、陽菜がモンブランの端を切った。中は白いクリームとスポンジだ。食べると、うっとり目を閉じている。

「このモンブラン、いい感じにラム酒が効いてて美味しい」

「……でしょうね」

食べなくても、見た目だけで美味しさが伝わってくる。

羨《うらや》ましい。

小依は静かに紅茶を飲んだ。

取材のあと、当然だが太った。元の体重に戻すために、まだダイエット中だ。散々美味しい物を食べたのだから仕方がない。陽菜はケーキを食べながら、上目でまた聞いた。

「それで、本はいつ出るの？」

「書店に並ぶのは再来月の予定」

「再来月ね。周りにもガンガン宣伝しとくね。中身的には、ヒットしそうな出来になったの？」

「わかんない。特に珍しいわけじゃないし、誰も手に取ってくれないかもしれない。そう思うと不安だけど、自分なりに一生懸命やったもの。とはいっても、ああすればよかったとか、こっちのほうがよかったかなとか、色々思うけど」

小依は素直に言った。どんなに頑張っても、完璧には遠い。次に活かそう、なんていうのは楽観しすぎだとわかっている。出版も出会いも一期一会《いちごいちえ》だ。もう二度と携わる機会はないかもしれない。

「おぼろ豆腐のライターさんは？　出来に満足してくれてるの？」

「皆月先生はものすごく頑張ってくれたよ。色んなところを巡って、とにかく食べてくれたし」

「よく食べる人だったのね」

「……まあね」

皆月が甘い物に貪欲《どんよく》だったのには訳があった。

盗作騒ぎのあと、彼はしばらく妻子と別居していたが、今は元に戻ったそうだ。だが別々に暮らしていた時の暴食で二十キロ近く太ってしまい、別人の様相になったらしい。

彼の奥さん、そして娘からは、以前の洒落た和装文筆家に戻ってほしいと強く言われ、食事は完全に管理。仕事以外での外食は禁止。甘味については、飴一つ許されない日々。

甘い物好きの皆月にそれはかなりつらく、耐えるには『甘い物は得意じゃない。好きじゃなければ、ほしくならない』と自己暗示をかけるしかなかったという。涙ぐましい努力だ。

だが我慢している反動が、今回の取材中に爆発した。彼があちこちで食べた量は半端ではなかった。恐らく、三、四キロの増加では済んでいない。

「よく食べて、よく喋って、家族思いのいい作家さんだったわ。初めて一緒にお仕事したのが皆月先生でよかった。すごく楽しかったから」

「そっか。よかったね」

陽菜はそう言うと、物憂《ものう》げにモンブランをつつく。

「私も小依みたいに、仕事が楽しかったらいいのにな」

「陽菜は楽しくないの？」

「そういうわけじゃないけど」陽菜の顔は曇っていた。「私さ……最近、会社行ってないんだよね」

「え？　どうして」小依は驚いた。陽菜は俯き、まだケーキをつついている。

「色々あって、なんか疲れたっていうか……。ほんとは辞めたいんだけど、親になんて言えばいいかわかんないし。反対される気もするし」

小依はしばらく陽菜を見つめていた。電話で様子がおかしかった時、このことを話そうとしていたのだ。

「ねえ、陽菜。お父さんもお母さんも、相談にはとことん乗ってくれると思うよ」

「そうかな。会社辞めるなって言われそうで」

「言うかもしれないけど、でも、陽菜が決めたのなら意外と、あ、そうって感じで終わるかもよ。私もこの前、ようやくお母さんに直大くんと別れたこと言ったんだ。そしたら、あら、それは残念ねえって、それだけ」

「それだけ？」

「うん。内心どう思ってるかはわからないけど、それで終わった。たぶんこっちが感情的じゃなかったからかな。私が泣いたり、声を大きくしたりしてたら、お母さんも居たたまれなかったと思うけど……」

小依はふと、宇治田原町での予定外の宿泊を思い出した。あの時、皆月に話を聞いてもらえたお陰で、母に伝える勇気が得られたのだ。

「ねえ、まずは私にぶちまけてよ。ドン引きするような悪口でもいいからさ」

「すっごいやつでも？」

「ここだけの話にしてあげる。でもその前にケーキ全部食べちゃって。今の私には、目の毒だから」

陽菜は笑うと、残ったケーキを綺麗に平らげた。少し恥ずかしそうに話し始める。

「そうだね、聞いてもらおうかな。あのね……」


「あれ」

郵便物の仕分けをしていた小依は、手を止めた。自分宛ての郵便がある。送り主は皆月だ。大きな封筒は重い。

開けてみると中には一冊の単行本。

「皆月先生、新刊送ってくれたんだ」

佐々山がひょいと首を伸ばしてくる。

「それな。うちでお願いできたらよかったんやけど、今は文芸に新規参入するだけの人手があらへんしな」

「そうですね」と小依は笑った。皆月の単行本は大手の出版社の発刊だ。恐らく近日に書店の入り口付近に並ぶだろう。

錦織が話に割り込んできた。

「うちもそのうち、新しいレーベル立ち上げるで。小依ちゃんが編集者としてバリバリ仕事できるようになったらやけどな。今はまだ、こっちのジャンルで頑張ってや。佐々山君、皆月先生に送った企画、返事はまだかいな」

「企画？」

小依は錦織と佐々山を交互に見た。佐々山は笑っている。

「京都お抹茶迷宮。あれな、来年度もやろうかって皆月さんを誘ってるねん。久々に重版かかったからね」

もう半年以上前なのに、散々食べたせいだろうか。鼻の奥にまだ濃い抹茶の香りが染み付いている。頭が味を覚えていて、抹茶と聞いただけで味が蘇《よみがえ》ってくる。

「お抹茶迷宮を、もう一回」

「そうや。皆月さんも献本してくれたってことは、乗り気やってことやろ。しかも小依ちゃん宛てやしな」

「ご指名ですかね」と、佐々山が企画書の束を小依に差し出した。「これが原案。ここからは、一人でも大丈夫やな」

「え？　また、私に任せてくれるんですか」

「そやで。もう小依ちゃんも立派な戦力や」錦織が言う。

「あ、ありがとうございます」

そう言いつつ、体重のことがチラつく。半年かかって、ようやく元に戻したのだ。だが心が躍る。巡る先々が、膨らんでいく。

「頑張ってや。京都にはまだまだ掘り下げるネタがいっぱいあるさかいな。ほんまに取材先には困らへんわ。どこまで続くかわからへんけど行けるとこまで行くで」

それって体重が。続けば続くほど体重が。

だが小依は頷いた。

「もちろん、どこまでもやります」

了

# 番外編 晩茶

## ◆晩茶

叡山電車の一乗寺駅から少し歩くと、古い木板の看板が目に入ってきた。

煎餅屋、京豆狸だ。

皆月はのれんを手で掻き分けた。着物が同じ蓬《よもぎ》色なのは、たまたまではない。次にここへ来る時には色を合わせようと、決めていたのだ。

もうすぐ店が閉まる時刻だが、店内にはまだ観光客らしい若い女性グループがいて、作務衣を着た総一郎と喋っている。

総一郎はすぐにこっちに気が付いて、軽く会釈をした。物静かな青年だ。皆月は微笑して、接客が終わるまで店の中をぶらついた。色んな種類の煎餅がガラスケースに入っている。それ以外でも、袋詰めされたおかきやあられ、揚げ餅が棚に並んでいる。

女性客は随分と熱心に総一郎へ話しかけている。どうやら、個人的な連絡先を聞こうとしているようだ。皆月はわざと離れて、奥にある調理場を覗き見た。

奥に古びたレンガ窯《がま》がある。総一郎とはスイーツ博覧会の終わりに少し話をして、煎餅について教えてもらった。煎餅は早朝から何時間もかけて焼き、一枚ずつ醤油を塗って、窯の余熱でゆっくり乾かすという。手間暇のかかる製法だ。

作り方の地味さは、味のシンプルさにも通じる。煎餅はどの地方の物も、主にうるち米か餅米を使っている。焼き方や厚み、味付けや形は様々だが、基本的には同じ米菓だ。

それなのに、いつまでも廃《すた》れることがない。日本人主食の米が原料だからか。その粘り強さは抹茶に近いと、皆月は思っている。

女性客が帰ると、総一郎は頭に巻いていた手ぬぐいを取った。

「すいません、皆月さん。お待たせしました」

「職人というのは、モテるんですなあ」

「まさか。そんなんとちゃいますよ。京都観光に来はったお客さんは、どうも地元のもんと知り合いになりたいと思わはるようで」

「それよくあるわ。地元の人だけが知ってるええお店、教えてくださいって言うんやろ？そんなん、教えへんよ。だって混んだらいややん」

「そのとおり」と、総一郎は笑った。

皆月が取材に訪れたいと連絡すると、総一郎は初め断った。スイーツ博覧会で多くの予約をもらったので、これ以上宣伝してもらっても出荷できないというのだ。

だが取材の内容が店の商品そのものではないと説明すると、興味を示したようだ。店が閉まったあとならいいと、了承してくれた。

「さて、早速始めさせてもらおかな。メールでは少し書かせてもらったけど、ぜひこの店の煎餅に協力してほしいねん」

「作中に煎餅を出さはるんですね」

「そうや。京都にある老舗の煎餅屋を舞台にしたいねん。どう思う？」

皆月が自信満々に言うと、総一郎は微苦笑した。

「なんちゅうか……攻めますね。僕はあんまり本読みませんが、煎餅って、小説の題材にはあまり向いてへんのとちゃうかな。もっと人気のある和菓子が、京都にはいっぱいありますよ」

総一郎は客が飲み終わったあとの湯呑や、休憩用の丸椅子を片付けている。皆月は彼の様子を眺めていた。濃紺の作務衣を着た総一郎は絵になる。古い店も、煎餅が入ったガラスケースも、趣きがある。

「でも煎餅って、面白いやろ」

「面白い？」

「同じ形が一個もあらへん。ほんのちょっとの火加減で、膨れたり、へこんだり、焦げたり、割れてしもたり。でも全部、君が精魂込めて焼いたもんや。このケースに閉じ込められた煎餅、一つずつに君の魂が宿ってるやろう。僕はそれを知りたいんや」

皆月が微笑みかけると、総一郎は照れ臭そうに目を背けた。

「魂って……。作家先生は言わはることが粋ですね。なんか、こそばゆいですわ」

「はは。どんな魂が込められてるかは、煎餅に聞くのが一番や。この店のケースにいる子、みんなに聞いていこうかな」

「わかりました。じゃあまず端っこから。この醤油煎餅はここの親父さんが一番好きなやつです。厚めに伸ばした生地を……」

「いや、そういうのじゃなくて」

「え？」

「ケースのやつ、一枚ずついただくわ」

皆月が真剣に言うと、総一郎は目を瞬いた。

「僕の話を聞きに来はったのでは？」

「聞くよ。煎餅から直接。しっかり味わって、読み取らせてもらうわ」

「あ、そういうやつですか。ただの食べ比べね」

総一郎は得心したように頷くと、端のケースから煎餅を一枚出した。

「手焼きのやつ、全部ですか？　十種類くらいありますけど」

「何味だろうと、一つずつに君の魂が宿ってるんや。僕はそれを……」

「はいはい。魂で喉詰まらせんといてくださいよ」

総一郎は次々と煎餅を出して皿に並べた。皆月は丸椅子に腰かけ、分厚い醤油煎餅をかじる。バリバリと、音がする。

「うん。ええ音や」

「お茶、淹れましょか。番茶が合いますよ」

「頼んます」

バリバリと豪快な音、パリンと小気味のいい音、サクッとあっさりした音など、煎餅の堅さや厚みで咀嚼音も色々だ。何度もお茶をお代わりして、何枚もの煎餅を食べ終わった頃には、皆月の胃はパンク寸前だった。腹をさすって壁にもたれる。

「やばい。腹がパンパンや」

「そらね。ご飯三杯分くらい食べはったでしょ」

総一郎は薄く笑いながら、店の掃除をしている。皆月は目を閉じ、思いに耽《ふけ》った。自分の顔周りから醤油の香りが漂ってくる。

「なるほどな。理解した。煎餅に、さして違いはない」

「まあ、原材料がだいたい一緒なんでね」

「そやけど、それを表現するのが物書きや。僕が本気出したら、どんな煎餅の謎でも解いてみせるわ」

「別に謎とかないですよ」

「さあ」と、皆月は小さくゲップして、体を起こした。目を閉じて手を差し出す。「なんでもええから持ってきて。見んでも、なんの煎餅か当ててみせるから」

「え、なんのために？」

「いい小説を書くためや」

「はあ」と、総一郎の声は困惑気味だ。「じゃあ、これ」

目を閉じた皆月の手に何かが触れた。平たく、少しベタついている。すぐにピンときた。

「これは煎餅や！」

「そらそうですわ。煎餅屋に来て、他に何があるんですか」

彼の声が呆れている。皆月は自身の推理の鋭さに満悦《まんえつ》しながら、煎餅をひと口かじった。歯ごたえ、堅さは知った食感だ。またすぐにピンときた。

「味噌や！」

「ザラメですわ」

「惜しい！」皆月は急いで味の外れた煎餅を食べ終わると、手を差し出した。「どんどん持ってきて。遠慮なく、難問頼むで」

また手に煎餅が触れる。皆月は次々にそれをかじった。ひらめきが止まらない。

「のり塩！」

「ごま塩です」

「海老！」

「ごま塩です」

「薄焼きサラダ！」

「ごま塩です」

「ごま塩！」

「のり塩です」

何枚もの味見をして、一枚も当たらなかった。だがその結果より、自分の腹具合に危険を感じる。

「……やばい。僕はとんでもない間違いを犯したかもしれへん」

「全部外れましたからね。お茶のお代わりいりますか？」

「いただくわ」

もう動くことができず、その場で項垂れる。湯気の立ったお茶を渡されて、ひと口すする。そしてハッとした。

「うう！　あんた、このお茶の中に何を入れたんや」

「あ、わかりました？　ひと匙だけ抹茶を落としたんです。風味がええでしょう」

「なんてことや。僕としたことが……。もし一服盛られてたら、えらいとこやったわ」

「盛ってませんて」

「そやな。お茶、うまいわ」

「そろそろレジ締めてええですか？　すいませんけど、さすがに全部サービスってわけには」

「何もかも計算ずくか……。お会計よろしく」

「ごま塩の分は、おまけさしてもらいますわ。何枚も食べさしてしまったさかい」

「見事なトリックやったわ。スマホ決済使える？」

「もちろん。なんでもいけますよ」

「完全犯罪や……」

皆月は支払いを済ませると、重い体を起こした。ガラスケースの上や客用の小さなテーブルを見回す。

「何か、書くもんあらへんやろうか」

「どうかしはりました？」

「ちょっとダイイングメッセージ残したいんやけど」

「直接言うてくれはったらええですよ」

「タクシー呼んで」

「はい」

皆月は総一郎が手配してくれたタクシーに乗り込もうとした。すると、ドアが閉まる前に総一郎が言った。

「皆月さん。次の本はミステリーですか?」

「なんでわかったんや」

「職人の勘です。出たら教えてください。読ましてもらいます」

ゆったりとした微笑みに見送られ、皆月は京豆狸をあとにした。着物に染みついた煎餅の香りが車中に漂う。

いい店だ。そしていい青年だ。彼にはぜひ作中で活躍してもらいたい。

次作の構想を膨らませながら、窓から洛北《らくほく》の街を眺めた。

# あとがき

この『京都お抹茶迷宮』は私にしては珍しいタイプの作品になりました。私は自らの経験を小説に書き落とすことはあまりしません。動物が出てくる作品が多いのですが、実際に触れ合ったことは少なく、ほとんどが想像と、情報収集して捻り出す創作です。

ですが本作は、昔、少しだけ習っていた茶道が元になっています。もう二十年以上前ですが、京都市内のご自宅で教室を開かれている裏千家の先生がいらっしゃいました。とても穏やかで優しく、そしてとても安い月謝で教えて下さり、夜遅くまでおうちを開けてくださっていました。

季節ごとの花を生け、毎回違う主菓子を用意して、その時候のお点前に合った茶器やお茶碗を週替わりに入れ替えて生徒を待ってくださっていた先生は、本当にご自身が抹茶を愛されていました。あの茶道教室ほど季節を感じられた場所はありませんでした。先生がお亡くなりになって茶道からは遠退き、今は正座もできなくなってしまいましたが、あの茶室を今でも思い出します。私にとっての茶道の魅力は、集中しないとできないところです。お点前はとても難しく、他のことを考える余裕はありません。雑念の多い私にとって、それのみに集中できる特別な時間でした。作中にもありますが、上手な人が点てたお抹茶は本当に美味しいです。薄緑の泡が、本当に美しかったです。

本作のように、京都を小説の舞台にできることは京都出身の私の一番の強みではありますが、実は生活圏内しか詳しくありません。観光名所なら、おそらく他所から来る旅行者のほうがよく知っているでしょう。本作も、実際には訪れたことのない場所が多く登場しています。せっかく京都で暮らしているのに勿体ない、と思われるかもしれませんが、足は運ばなくても、こうやって物語に書くことで行ったような気持ちになります。主人公と同じようにお薄を飲んで、濃い抹茶のスイーツを食べて、甘いけど苦い茶葉をよく味わえば、本当にそれが経験になります。

本作を読んでいただいた方にも、宇治の石畳を散策して、嵐電に乗って、一緒にお茶の甘さを感じてもらえればと思います。

二〇二五年四月　石田祥

ことのは文庫

# 京都《きょうと》お抹茶迷宮《まっちゃめいきゅう》

2025年4月27日　初版発行

著者　石田《いしだ》 祥《しょう》

発行人　子安喜美子

編集　尾中麻由果

著者エージェント　株式会社アップルシード・エージェンシー

印刷所　株式会社広済堂ネクスト

発行　株式会社マイクロマガジン社
URL：https://micromagazine.co.jp/
〒104-0041
東京都中央区新富1-3-7 ヨドコウビル
TEL.03-3206-1641 FAX.03-3551-1208（営業部）
TEL.03-3551-9563 FAX.03-3551-9565（編集部）

本書は、書き下ろしです。
定価はカバーに印刷されています。

ISBN978-4-86716-745-8 C0193
乱丁、落丁本はお取り替えいたします。